AF488886

SUBTERRA

••• EDICIÓN DIGITAL •••

BALDOMERO LILLO. Subterra
Copyright © 2012
Inscripción de la traducción al español Nº: 225.796

Derecho de edición reservados para todos los países por
© Edición Digital S.A.
Francisco Bilbao 827, Providencia
Santiago de Chile
www.ediciondigital.cl

Se terminó de imprimir esta
PRIMERA EDICIÓN
en los talleres de Ediciones e Impresiones Copygraph
en enero de 2018

ISBN edición digital: 978-956-9197-09-3
ISBN edición impresa: 978-956-9197-90-1

EQUIPO EDITORIAL
Rodrigo Fuentes D. | Paula Díaz R. | Fernando Salinas R. |
Lucía Zamorano F. | Gabriela Corral D. | Carolina Triviño M. |

DISEÑO Y PRODUCCIÓN
Edición Digital

Edición Digital apoya la labor de la
Coalición Chilena para la Diversidad Cultural

IMPRESO EN CHILE / PRINTED IN CHILE

Baldomero Lillo fue un apreciable cuentista chileno, nacido en Lota el 6 de enero de 1867, y considerado el maestro del género del realismo social de Chile. Como consecuencia de una gran experiencia acumulada en las minas de carbón, escribió Sub terra, una de sus más famosas obras que retrata la vida de los mineros de Lota y, en particular, de la mina Chiflón del Diablo.

Es relevante señalar que parte importante de su obra fue publicada en forma póstuma a su muerte (ocurrida el 10 de septiembre de 1923 en San Bernardo).

Entre sus libros se cuentan: *Subterra* (1904); *Subsole* (1907); *Relatos populares* (1947); *El hallazgo y otros cuentos del mar* (1956); *Pesquisa trágica* (1963).

La primera edición de Subterra fue impresa en
Santiago de Chile por Imprenta Moderna en 1904,
bajo el título Subterra Cuadros mineros.

Nota preliminar

Presentamos al lector esta obra que ha sido editada con el propósito de traerla de vuelta desde el pasado y acercarla al lector actual, en especial, a las nuevas generaciones, con el fin primordial de fomentar la lectura en el individuo común y corriente que tal vez no es lector habitual. Y al que sí lo es, también le ofrecemos el tesoro de una obra de la literatura chilena clásica que poco se lee en la actualidad.

Es preciso aclarar que el trabajo realizado no se trata de un rescate histórico sino de un rescate literario. Sabemos que el vocabulario de antaño constituye un aporte valioso, pero también estamos conscientes de que el lenguaje está vivo y cambia con el paso de los años.

Editar la obra en ningún caso ha significado degradar el lenguaje, quitarle valor al texto o pasar a llevar al autor. Todo lo que se ha hecho es re-emplazar algunas palabras por otras de uso más cotidiano o actual, cambiar levemente ciertas estructuras gramaticales en cuanto a su orden, presentar los tiempos verbales sin un exceso de pronombres pospuestos al verbo (p. ej. "parecióme"), actualizar ciertos aspectos tanto de acentuación como de ortografía literal y modificar detalles de la puntuación. Las aclaraciones de las notas al pie se han realizado para no cambiar palabras que realmente no tienen sinónimos exactos o que se ha considerado necesario conservar y explicar. Se ha tomado como fuente de referencia, en la mayoría de estas, el diccionario de la RAE, sin embargo, en otros casos hemos tenido que acudir a diversas fuentes de información.

Todo lo que se ha hecho ha sido con el máximo cuidado, con muchí-simo respeto y un profundo amor por la literatura.

CONTENIDO

LOS INVÁLIDOS

La extracción de un caballo en la mina, acontecimiento no muy frecuente, había agrupado alrededor del pique a los obreros que volcaban las carretillas en la cancha y a los encargados de retornarlas vacías y colocarlas en las jaulas.

Todos eran viejos, inútiles para los trabajos del interior de la mina, y aquel caballo que después de diez años de arrastrar allá abajo los trenes de mineral era devuelto a la claridad del sol, les inspiraba la honda simpatía que se experimenta por un viejo y leal amigo con el que se han compartido las fatigas de una penosa jornada.

A muchos les traía aquella bestia el recuerdo de mejores días, cuando en la estrecha cantera con brazo entonces vigoroso, hundían de un solo golpe en el escondido filón el diente acerado de la piqueta del barretero. Todos conocían a Diamante, el generoso bruto, que dócil e infatigable trotaba con su tren de vagonetas, desde la mañana hasta la noche, en las sinuosas galerías de arrastre. Y cuando la fatiga abrumadora de aquella faena sobrehumana paralizaba el impulso de sus brazos, la vista del caballo que pasaba blanco de espuma les infundía nuevos alientos para proseguir esa tarea de hormigas perforadoras con el tesón inquebrantable de la ola que desmenuza grano por grano la roca inconmovible que desafía sus furores.

Todos esperaban silenciosos la aparición del caballo, inutilizado por incurable cojera para cualquier trabajo dentro o fuera de la mina y cuya última etapa sería el estéril llano donde solo se percibían a trechos escuetos matorrales cubiertos de polvo, sin que una brizna de yerba, ni un árbol interrumpieran el gris uniforme y monótono del paisaje.

Nada más tétrico que esa desolada llanura, reseca y polvorienta, sembrada de pequeños montículos de arena tan gruesa y pesada que los vientos arrastraban difícilmente a través del suelo desnudo, ávido de humedad.

En una pequeña elevación del terreno se alzaban la cabria, las chimeneas y los ahumados galpones de la mina. El caserío de los mineros estaba situado a la derecha en una pequeña hondonada. Sobre él una densa masa de humo negro flotaba pesadamente en el aire enrarecido, haciendo más sombrío el aspecto de aquel paraje inhospitalario.

Un calor sofocante subía de la tierra calcinada y el polvo de carbón sutil e impalpable se adhería a los rostros sudorosos de los obreros que apoyados en sus carretillas saboreaban en silencio, el breve descanso que aquella maniobra les deparaba.

Tras los tres golpes reglamentarios las grandes poleas, en lo alto de la cabria, empezaron a girar con lentitud, deslizándose por sus ranuras los delgados hilos de metal que iba enrollando en el gran tambor, carrete gigantesco, la potente máquina. Pasaron algunos instantes y de pronto una masa oscura chorreando agua surgió rápida del negro pozo y se detuvo a algunos metros por encima del brocal. Suspendido en una red de gruesas cuerdas sujeta debajo de la jaula se balanceaba sobre el abismo, con las patas abiertas y tiesas, un caballo negro. Mirado desde abajo en aquella grotesca postura se asemejaba a una monstruosa araña recogida en el centro de su tela. Después de columpiarse un instante en el aire descendió suavemente al nivel de la plataforma. Los obreros se precipitaron sobre aquella especie de saco, desviándolo de la abertura del pique y Diamante libre en un momento de sus ligaduras se alzó tembloroso sobre sus patas y se quedó inmóvil, resoplando fatigosamente.

Como todos los que se emplean en las minas era un animal de pequeña alzada. La piel que antes fue suave, lustrosa y negra como el azabache, había perdido su brillo acribillada por cicatrices sin cuento. Grandes grietas y heridas en supuración señalaban el sitio de los arreos de tiro y los corvejones ostentaban viejos esparavanes que deformaban los finos remos de otro tiempo. Ventrudo, de largo cuello y huesudas ancas no conservaba ni un resto de la gallardía y esbeltez pasadas y las crines de la cola habían casi desaparecido arrancadas por el látigo cuya sangrienta huella se veía aun fresca en el hundido lomo.

Los obreros lo miraban con sorpresa dolorosa. ¡Qué cambio se había operado en el brioso bruto que ellos habían conocido! Aquello era solo un pingajo de carne nauseabunda buena para pasto de buitres y gallinazos. Y mientras el caballo cegado por la luz del mediodía permanecía con la cabeza baja e inmóvil, el más viejo de los mineros, enderezando el anguloso cuerpo, paseó una mirada investigadora a su alrededor. En su rostro marchito, pero de líneas firmes y correctas, había una expresión de gravedad soñadora y sus ojos donde parecía haberse refugiado la vida, iban y venían del caballo al grupo silencioso de sus camaradas, ruinas vivientes que, como máquinas inútiles, la mina lanzaba de cuando en cuando, desde sus hondas profundidades.

Los viejos miraban con curiosidad a su compañero aguardando uno de esos discursos extraños e incomprensibles que brotaban a veces de los labios del minero a quien consideraban como poseedor de una gran cultura intelectual, pues siempre había en los bolsillos de su blusa algún libro desencuadernado y sucio cuya lectura absorbía sus horas de reposo y del cual tomaba aquellas frases y términos ininteligibles para sus oyentes.

Su semblante de ordinario resignado y dulce se transfiguraba al comentar las torturas e ignominias de los pobres y su palabra adquiría entonces la entonación del inspirado y del apóstol.

El anciano permaneció un instante en actitud reflexiva y luego pasando el brazo por el cuello del inválido jamelgo, con voz grave y vibrante como si arengara a una muchedumbre exclamó:

¡Pobre viejo, te echan porque ya no sirves! Lo mismo nos pasa a todos. Allí abajo no se hace distinción entre el hombre y la bestia. ¡Agotadas las fuerzas la mina nos arroja como la araña arroja fuera de su tela el cuerpo exangüe de la mosca que le sirvió de alimento! ¡Camaradas, este bruto es la imagen de nuestra vida. Como él callamos, sufriendo resignados nuestro destino! Y, sin embargo, nuestra fuerza y poder son tan inmensos que nada bajo el sol resistiría su empuje. Si todos los oprimidos con las manos atadas a la espalda marchásemos contra nuestros opresores cuan presto quebrantaríamos el orgullo de los que hoy beben nuestra sangre y chupan hasta la médula de nuestros huesos. Los aventaríamos, en la primera embestida, como un puñado de paja que dispersa el huracán. ¡Son tan pocos, es su hueste tan mezquina ante el ejército innumerable de nuestros hermanos que pueblan los talleres, las campiñas y las entrañas de la tierra!

A medida que hablaba, se animaba el rostro caduco del minero, sus ojos lanzaban llamas y su cuerpo temblaba preso de intensa excitación. Con la cabeza echada atrás y la mirada perdida en el vacío parecía divisar allá en lontananza la gigantesca ola humana, avanzando a través de los campos con la desatentada carrera del mar que hubiera traspasado sus barreras seculares. Como ante el océano que arrastra el grano de arena y derriba las montañas, todo se derrumbaba al choque formidable de aquellas famélicas legiones que tremolando el harapo como bandera de exterminio reducían a cenizas los palacios y los templos, esas moradas donde el egoísmo y la soberbia han dictado las inicuas leyes que han hecho de la inmensa mayoría de los hombres seres semejantes a las bestias: Sísifos condenados a una tarea eterna los miserables bregan y se agitan sin que una chispa de luz intelectual rasgue las tinieblas de sus cerebros de esclavos donde la idea, esa simiente divina, no germinará jamás.

Los obreros clavaban en el anciano sus inquietas pupilas en las que brillaba la desconfianza temerosa de la bestia que se aventura en una senda desconocida. Para esas almas muertas cada idea nueva era una blasfemia contra el credo de servidumbre que les habían legado sus abuelos, y en aquel camarada cuyas palabras entusiasmaban a la gente joven de la mina, solo veían un espíritu inquieto y temerario, un desequilibrado que osaba rebelarse contra las leyes inmutables del destino.

Y cuando la silueta del capataz se destacó, viniendo hacia ellos, en el extremo de la cancha, cada cual se apresuró a empujar su carretilla mezclándose el crujir de las secas articulaciones al estirar los cansados miembros con el chirrido de las ruedas que resbalaban sobre los rieles.

El viejo, con los ojos húmedos y brillantes, vio alejarse ese rebaño miserable y luego, tomando entre sus manos la descarnada cabeza del caballo, le acarició las escasas crines, murmurando a media voz:

–Adiós amigo, nada tienes que envidiarnos. Como tú caminamos agobiados por una carga que una leve sacudida haría deslizarse de nuestros hombros, pero que nos obstinamos en sostener hasta la muerte. Y encorvándose sobre su carretilla se alejó pausadamente economizando sus fuerzas de luchador vencido por el trabajo y la vejez.

El caballo permaneció en el mismo sitio, inmóvil sin cambiar de postura. El acompasado y lánguido vaivén de sus orejas y el movimiento de los párpados eran los únicos signos de vida de aquel cuerpo lleno de lacras y protuberancias asquerosas. Deslumbrado y ciego por la vívida claridad que la trasparencia del aire hacía más radiante e intensa, agachó la cabeza, buscando entre sus patas delanteras un refugio contra las luminosas saetas que herían sus pupilas de nictálope, incapaces de soportar otra luz que la débil y mortecina de las lámparas de seguridad.

Pero aquel resplandor estaba en todas partes y penetraba victorioso a través de sus caídos párpados, cegándolo cada vez más; atontado dio algunos pasos hacia adelante y su cabeza chocó contra la valla de tablas que limitaba la plataforma. Pareció sorprendido ante el obstáculo y enderezando las orejas, olfateó el muro, lanzando breves resoplidos de inquietud; retrocedió buscando una salida y nuevos obstáculos se interpusieron a su paso; iba y venía entre las pilas de madera, las vagonetas y las vigas de la cabria como un ciego que ha perdido su lazarillo. Al andar levantaba los cascos doblando los jarretes como si caminase aún entre las traviesas de la vía de un túnel de arrastre; y un enjambre de moscas que zumbaba a su alrededor sin inquietarse de las bruscas contracciones de la piel y el febril volteo del desnudo rabo, lo acosaba encarnizadamente, multiplicando sus feroces ataques.

Por su cerebro de bestia debía cruzar la vaga idea de que estaba en un rincón de la mina que aún no conocía y donde un impenetrable velo rojo ocultaba los objetos que le eran familiares.

Su estadía allí terminó bien pronto: un caballerizo se presentó con un rollo de cuerdas debajo del brazo y yendo derecho hacia él, lo ató por el cuello y tirando del ronzal, tomó seguido del caballo la carretera cuya negra cinta iba a perderse en la abrasada llanura que dilataba por todas partes su árida superficie hasta el límite del horizonte.

Diamante cojeaba atrozmente, y por su vieja y oscura piel corría un estremecimiento doloroso producido por el contacto de los rayos del sol, que desde la comba azulada de los cielos parecía complacerse en alumbrar aquel andrajo de carne palpitante para que pudieran sin duda distinguirlo los voraces buitres que, como puntos casi imperceptibles perdidos en el vacío, acechaban ya aquella presa que les deparaba su buena estrella.

El conductor se detuvo al borde de una depresión del terreno. Deshizo el nudo que oprimía el flácido cuello del prisionero y dándole una fuerte palmada en el anca para obligarlo a continuar adelante, dio media vuelta y se marchó por donde había venido.

Aquella hondonada era cubierta por una capa de agua en la época de las lluvias, pero los calores del estío la evaporaban rápidamente. En las partes bajas se conservaba algún resto de humedad donde crecían pequeños arbustos espinosos y uno que otro manojo de yerba reseca y polvorienta. En sitios ocultos había diminutas charcas de agua cenagosa, pero inaccesibles para cualquier animal por ágil y vigoroso que fuese.

Diamante, acosado por el hambre y la sed, anduvo un corto trecho, aspirando el aire ruidosamente. De vez en cuando ponía los belfos en contacto con la arena y resoplaba con fuerza, levantando nubes de polvo blanquecino a través de las capas inferiores del aire que sobre aquel suelo de fuego parecían estar en ebullición.

Su ceguera no disminuía y sus pupilas contraídas bajo sus párpados solo percibían aquella intensa llama roja que había sustituido en su cerebro a la visión ya lejana de las sombras de la mina.

De súbito rasgó el aire un penetrante zumbido al que siguió inmediatamente un relincho de dolor y el mísero rocín dando bruscos saltos se puso a correr con la celeridad que sus deformes patas y débiles fuerzas le permitían a través de los matorrales y depresiones del terreno. Encima de él revoleteaban una decena de grandes tábanos de las arenas.

Aquellos feroces enemigos no le daban tregua y muy pronto tropezó en una ancha grieta y su cuerpo quedó como incrustado en la hendidura. Hizo algunos inútiles esfuerzos para levantarse y convencido de su impotencia estiró el cuello y se resignó con la pasividad del bruto a que la muerte pusiese fin a los dolores de su carne atormentada.

Los tábanos, hartos de sangre, cesaron en sus ataques y lanzando de sus alas y coseletes destellos de pedrería hendieron la cálida atmósfera y desaparecieron como flechas de oro en el azul espléndido del cielo cuya nítida trasparencia no empañaba el más tenue jirón de bruma.

Algunas sombras, deslizándose a raíz del suelo, empezaron a trazar círculos concéntricos en derredor del caído. Allá arriba se cernía en el aire una veintena de grandes aves negras destacándose del pesado aletear de los gallinazos el porte majestuoso de los buitres que con las alas abiertas e inmóviles, describían inmensas espirales que iban estrechando lentamente en torno del cuerpo exánime del caballo.

Por todos los puntos del horizonte aparecían manchas oscuras: eran rezagados que acudían a todo batir de alas al festín que les esperaba.

Entretanto el sol marchaba rápidamente a su ocaso. El gris de la llanura tomaba a cada instante tintes más opacos y sombríos. En la mina habían cesado las faenas y los mineros como los esclavos de la ergástula abandonaban sus lóbregos agujeros. Allá abajo se amontonaban en el ascensor formando una masa compacta, un nudo de cabezas, de piernas y de brazos entrelazados que fuera del pique se deshacía trabajosamente, convirtiéndose en una larga columna que caminaba silenciosa por la carretera en dirección de las lejanas habitaciones.

El anciano carretillero, sentado en su vagoneta, contemplaba desde la cancha el desfile de los obreros cuyos torsos encorvados parecían sentir aún el roce aplastador de la roca en las bajísimas galerías. De pronto se levantó y mientras el toque de retiro de la campana de señales resbalaba claro y vibrante en la serena atmósfera de la campiña desierta, el viejo, con pesado y lento andar, fue a engrosar las filas de aquellos galeotes cuyas vidas tienen menos valor para sus explotadores que uno solo de los trozos de ese mineral que, como un negro río, fluye inagotable del corazón del venero.

En la mina todo era paz y silencio, no se sentía otro rumor que el sordo y acompasado de los pasos de los obreros que se alejaban. La oscuridad crecía y allá arriba en la inmensa cúpula brotaban millares de estrellas cuyos blancos, opalinos y purpúreos resplandores, lucían con creciente intensidad en el crepúsculo que envolvía la tierra, sumergida ya en las sombras precursoras de las tinieblas de la noche.

La Compuerta Número 12

Pablo se aferró instintivamente a las piernas de su padre. Le zumbaban los oídos y el piso que huía debajo de sus pies le producía una extraña sensación de angustia. Se creía precipitado en aquel agujero cuya negra abertura había entrevisto al penetrar en la jaula, y sus grandes ojos miraban con espanto las lóbregas paredes del pozo en el que se hundían con vertiginosa rapidez. En aquel silencioso descenso, sin trepidación ni más ruido que el del agua goteando sobre la techumbre de hierro, las luces de las lámparas parecían prontas a extinguirse y a sus débiles destellos se delineaban vagamente en la penumbra las hendiduras y partes salientes de la roca: una serie interminable de negras sombras que volaban como saetas hacia lo alto.

Pasado un minuto, la velocidad disminuyó bruscamente, los pies se asentaron con más solidez en el piso fugitivo y el pesado armazón de hierro, con un áspero rechinar de goznes y de cadenas, quedó inmóvil a la entrada de la galería.

El viejo tomó de la mano al pequeño y juntos se internaron en el negro túnel. Eran de los primeros en llegar y el movimiento de la mina no empezaba aún. De la galería bastante alta para permitir al minero erguir su elevada talla, solo se distinguía parte de la techumbre cruzada por gruesos maderos. Las paredes laterales permanecían invisibles en la oscuridad profunda que llenaba la vasta y lóbrega excavación.

A cuarenta metros del pique se detuvieron ante una especie de gruta excavada en la roca. Del techo agrietado, de color de hollín, colgaba un candil de hoja de lata cuyo macilento resplandor daba a la estancia la apariencia de una cripta enlutada y llena de sombras. En el fondo, sentado delante de una mesa, un hombre pequeño, ya entrado en años hacía anotaciones en un enorme registro. Su negro traje hacía resaltar la palidez del rostro surcado por profundas arrugas. Al ruido de pasos levantó la cabeza y fijó una mirada interrogadora en el viejo minero, quien avanzó con timidez, diciendo con voz llena de sumisión y de respeto:

–Señor, aquí traigo el chico.

Los ojos penetrantes del capataz abarcaron de una ojeada el cuerpecillo endeble del muchacho. Sus delgados miembros y la infantil inconsciencia del moreno rostro en el que brillaban dos ojos muy abiertos como de medrosa bestezuela, lo impresionaron desfavorablemente, y su corazón endurecido por el espectáculo diario de tantas miserias, experimentó una piadosa sacudida a la vista de aquel pequeñuelo arrancado a sus juegos infantiles y condenado, como tantas infelices criaturas a languidecer miserablemente en las húmedas galerías, junto a las puertas de ventilación. Las duras líneas de su rostro se suavizaron y con fingida aspereza le dijo al viejo que muy inquieto por aquel examen fijaba en él una ansiosa mirada:

–¡Hombre! este muchacho es todavía muy débil para el trabajo. ¿Es hijo tuyo?

–Sí, señor.

–Pues debías tener lástima de sus pocos años y antes de enterrarlo aquí enviarlo a la escuela por algún tiempo.

–Señor, balbuceó la voz ruda del minero en la que vibraba un acento de dolorosa súplica, somos seis en casa y uno solo el que trabaja, Pablo cumplió ya los ocho años y debe ganar el pan que come y, como hijo de mineros, su oficio será el de sus mayores que no tuvieron nunca otra escuela que la mina. Su voz opaca y temblorosa se extinguió repentinamente en un acceso de tos, pero sus ojos húmedos imploraban con tal insistencia, que el capataz vencido por aquel mudo ruego llevó a sus labios un silbato y arrancó de él un sonido agudo que repercutió a lo lejos en la desierta galería. Se oyó un rumor de pasos precipitados y una oscura silueta se dibujó en el hueco de la puerta.

–Juan, exclamó el hombrecillo, dirigiéndose al recién llegado, lleva este chico a la compuerta número doce, reemplazará al hijo de José, el carretillero, aplastado ayer por la corrida.

Y volviéndose bruscamente hacia el viejo, que empezaba a murmurar una frase de agradecimiento, le dijo con tono duro y severo:

He visto que en la última semana no has alcanzado a los cinco cajones que es el mínimo diario que se exige de cada barretero. No olvides que si esto sucede otra vez, será preciso darte de baja para que ocupe tu sitio otro más activo.

Y haciendo con la diestra un ademán enérgico, lo despidió.

Los tres se marcharon silenciosos y el rumor de sus pisadas fue alejándose poco a poco en la oscura galería. Caminaban entre dos hileras de rieles cuyas traviesas hundidas en el suelo fangoso trataban de evitar alargando o acortando el paso, guiándose por los gruesos clavos que sujetaban las barras de acero. El guía, un hombre joven aún, iba delante y más atrás con el pequeño Pablo de la mano seguía el viejo con la barba sumida en el pecho, hondamente preocupado. Las palabras del capataz y la amenaza en ellas contenida habían llenado de angustia su corazón. Desde algún tiempo su decadencia era visible para todos, cada día se acercaba más el fatal lindero que una vez traspasado convierte al obrero viejo en un trasto inútil dentro de la mina. En balde desde el amanecer hasta la noche durante catorce horas mortales, revolviéndose como un reptil en la estrecha labor, atacaba la hulla furiosamente, encarnizándose contra el filón inagotable que tantas generaciones de forzados como él arañaban sin cesar en las entrañas de la tierra.

Pero aquella lucha tenaz y sin tregua convertía muy pronto en viejos decrépitos a los más jóvenes y vigorosos. Allí en la lóbrega madriguera húmeda y estrecha, se encorvaban las espaldas y se aflojaban los músculos y, como el potro resabiado que se estremece tembloroso a la vista de la vara, los viejos mineros cada mañana sentían tiritar sus carnes al contacto de la vena. Pero el hambre es aguijón más eficaz que el látigo y la espuela, y reanudaban taciturnos la tarea agobiadora y la veta entera acribillada por mil partes por aquella carcoma humana, vibraba sutilmente, desmoronándose pedazo a pedazo, mordida por el diente cuadrangular del pico, como la arenisca de la ribera a los embates del mar.

La súbita detención del guía arrancó al viejo de sus tristes cavilaciones. Una puerta les cerraba el camino en aquella dirección, y en el suelo arrimado a la pared había un bulto pequeño cuyos contornos se destacaron confusamente heridos por las luces vacilantes de las lámparas: era un niño de diez años acurrucado en un hueco de la muralla.

Con los codos en las rodillas y el pálido rostro entre las manos enflaquecidas, mudo e inmóvil, pareció no percibir a los obreros que traspusieron el umbral y lo dejaron de nuevo sumido en la oscuridad. Sus ojos abiertos, sin expresión, estaban fijos obstinadamente hacia arriba, absortos tal vez, en la contemplación de un panorama imaginario que, como el espejismo del desierto, atraía sus pupilas sedientas de luz, húmedas por la nostalgia del lejano resplandor del día.

Encargado del manejo de esa puerta, pasaba las horas interminables de su encierro sumergido en un ensimismamiento doloroso, abrumado por aquella lápida enorme que ahogó para siempre en él la inquieta y grácil movilidad de la infancia cuyos sufrimientos dejan el alma que los comprende una amargura infinita y un sentimiento de execración acerbo por el egoísmo y la cobardía humana.

Los dos hombres y el niño después de caminar algún tiempo por un estrecho corredor, desembocaron en una alta galería de arrastre de cuya techumbre caía una lluvia continua de gruesas gotas de agua. Un ruido sordo y lejano, como si un martillo gigantesco golpease sobre sus cabezas la armadura del planeta, se escuchaba a intervalos. Aquel rumor, cuyo origen Pablo no acertaba a explicarse, era el choque de las olas en las rompientes de la costa. Anduvieron aún un corto trecho y se encontraron por fin delante de la compuerta número doce.

–Aquí es, dijo el guía, deteniéndose junto a la hoja de tablas que giraba sujeta a un marco de madera incrustado en la roca.

Las tinieblas eran tan espesas que las rojizas luces de las lámparas, sujetas a las viseras de las gorras de cuero, apenas dejaban entrever aquel obstáculo.

Pablo, que no se explicaba ese alto repentino, contemplaba silencioso a sus acompañantes, quienes, después de cambiar entre sí algunas palabras breves y rápidas, se pusieron a enseñarle con jovialidad y empeño el manejo de la compuerta. El rapaz, siguiendo sus indicaciones, la abrió y cerró repetidas veces, desvaneciendo la incertidumbre del padre que temía que las fuerzas de su hijo no bastasen para aquel trabajo.

El viejo manifestó su contento, pasando la callosa mano por la inculta cabellera de su primogénito, quien hasta allí no había demostrado cansancio ni inquietud. Su juvenil imaginación, impresionada por aquel espectáculo nuevo y desconocido, se hallaba aturdida, desorientada. Le parecía a veces que estaba en un cuarto a oscuras y creía ver a cada instante abrirse una ventana y entrar por ella los brillantes rayos del sol, y aunque su inexperto corazoncillo no experimentaba ya la angustia que le asaltó en el pozo de bajada, aquellos mimos y caricias a que no estaba acostumbrado despertaron su desconfianza.

Una luz brilló a lo lejos en la galería y luego se oyó el chirrido de las ruedas sobre la vía, mientras un trote pesado y rápido hacía retumbar el suelo.

—¡Es la corrida!, exclamaron a un tiempo los dos hombres.

Pronto, Pablo, dijo el viejo, a ver cómo cumples tu obligación.

El pequeño con los puños apretados apoyó su diminuto cuerpo contra la hoja que cedió lentamente hasta tocar la pared. Apenas efectuada esta operación, un caballo oscuro, sudoroso y jadeante, cruzó rápido delante de ellos, arrastrando un pesado tren cargado de mineral.

Los obreros se miraron satisfechos. El novato era ya un portero experimentado y el viejo, inclinando su alta estatura, empezó a hablarle zalameramente: él no era ya un chicuelo, como los que quedaban allá arriba que lloran por nada y están siempre cogidos de las faldas de las mujeres, sino un hombre, un valiente, nada menos que un obrero, es decir, un camarada a quien había que tratar como tal. Y en breves frases le dio a entender que les era forzoso dejarlo solo; pero que no tuviese miedo, pues había en la mina muchísimos otros de su edad, desempeñando el mismo trabajo; que él estaba cerca y vendría a verlo de cuando en cuando y una vez terminada la faena, regresarían juntos a casa.

Pablo oía aquello con espanto creciente y por toda respuesta se cogió con ambas manos de la blusa del minero. Hasta entonces no se había dado cuenta exacta de lo que se exigía de él. El giro inesperado que tomaba lo que creyó un simple paseo, le produjo un miedo cerval y dominado por un deseo vehementísimo de abandonar aquel sitio, de ver a su madre y a sus hermanos y de encontrarse otra vez a la claridad del día, solo contestaba a las afectuosas razones de su padre con un ¡vamos! quejumbroso y lleno de miedo. Ni promesas ni amenazas lo convencían y el ¡vamos padre! brotaba de sus labios cada vez más dolorido y apremiante.

Una violenta contrariedad se pintó en el rostro del viejo minero; pero al ver aquellos ojos llenos de lágrimas, desolados y suplicantes levantados hacia él, su naciente cólera se trocó en una piedad infinita: ¡era todavía tan débil y pequeño! Y el amor paternal adormecido en lo íntimo de su ser recobró de súbito su fuerza avasalladora.

El recuerdo de su vida, de esos cuarenta años de trabajos y sufrimientos se presentó de repente a su imaginación, y con honda congoja comprobó que de aquella labor inmensa solo le restaba un cuerpo exhausto que tal vez muy pronto arrojarían de la mina como un estorbo, y al pensar que idéntico destino aguardaba a la triste criatura, le acometió de improviso un deseo imperioso de disputar su presa a ese monstruo insaciable, que arrancaba del regazo de las madres los hijos apenas crecidos para convertirlos en esos parias, cuyas espaldas reciben con el mismo estoicismo el golpe brutal del amo y las caricias de la roca en las inclinadas galerías.

Pero aquel sentimiento de rebelión que empezaba a germinar en él se extinguió repentinamente ante el recuerdo de su pobre hogar y de los seres hambrientos y desnudos de los que era el único sostén y su vieja experiencia le demostró lo insensato de su quimera. La mina no soltaba nunca al que había cogido y como eslabones nuevos que se sustituyen a los viejos y gastados de una cadena sin fin, allí abajo, los hijos sucedían a los padres y en el hondo pozo el subir y bajar de aquella marea viviente no se interrumpía jamás. Los pequeñuelos respirando el aire emponzoñado de la mina crecían raquíticos, débiles, paliduchos, pero había que resignarse, pues para eso habían nacido.

Y con resuelto ademán el viejo desenrolló de su cintura una cuerda delgada y fuerte y, a pesar de la resistencia y súplicas del niño, lo ató con ella por la mitad del cuerpo y aseguró, en seguida, la otra extremidad en un grueso perno incrustado en la roca. Trozos de cordel adheridos a aquel hierro indicaban que no era la primera vez que prestaba un servicio semejante.

La criatura medio muerta de terror lanzaba gritos penetrantes de pavorosa angustia y hubo que emplear la violencia para arrancarla de entre las piernas del padre, a las que se había asido con todas sus fuerzas. Sus ruegos y clamores llenaban la galería, sin que la tierna víctima, más desdichada que el bíblico Isaac, oyese una voz amiga que detuviera el brazo paternal armado contra su propia carne, por el crimen y la iniquidad de los hombres.

Sus voces llamando al viejo que se alejaba, tenían acentos tan desgarradores, tan hondos y vibrantes, que el infeliz padre sintió de nuevo flaquear su resolución. Mas, aquel desfallecimiento solo duró un instante y tapándose los oídos para no escuchar aquellos gritos que le atenazaban las entrañas, apresuró la marcha apartándose de aquel sitio. Antes de abandonar la galería, se detuvo un instante, y escuchó: una vocecilla tenue como un soplo clamaba allá muy lejos, debilitada por la distancia: ¡Madre! Madre!

Entonces echó a correr como un loco, acosado por el doliente vagido y no se detuvo sino cuando se halló delante de la vena, a la vista de la cual su dolor se convirtió de pronto en furiosa ira y, empuñando el mango del pico, la atacó rabiosamente. En el duro bloque caían los golpes como espesa granizada sobre sonoros cristales, y el diente de acero se hundía en aquella masa negra y brillante, arrancando trozos enormes que se amontonaban entre las piernas del obrero, mientras un polvo espeso cubría como un velo la vacilante luz de la lámpara.

Las cortantes aristas del carbón volaban con fuerza, hiriéndole el rostro, el cuello y el pecho desnudo. Hilos de sangre se mexclaban al copioso sudor que inundaba su cuerpo, que penetraba como una cuña en la brecha abierta, ensanchándola con el afán del presidiario que horada el muro que lo oprime; pero sin la esperanza que alienta y fortalece al prisionero: hallar al fin de la jornada una vida nueva, llena de sol, de aire y de libertad.

El Grisú

En el pique se había paralizado el movimiento. Los tumbadores fumaban silenciosamente entre las hileras de vagonetas vacías, y el capataz mayor de la mina, un hombrecillo flaco, cuyo rostro rapado, de pómulos salientes, revelaba firmeza y astucia, aguardaba de pie con su linterna encendida junto al ascensor inmóvil. En lo alto el sol resplandecía en un cielo sin nubes y una brisa ligera que soplaba de la costa traía en sus ondas invisibles las salobres emanaciones del Océano.

De improviso el ingeniero apareció en la puerta de entrada y se adelantó haciendo resonar bajo sus pies las metálicas planchas de la plataforma. Vestía un traje impermeable y llevaba en la diestra una linterna. Sin dignarse contestar el tímido saludo del capataz penetró en la jaula seguido por su subordinado y un segundo después desaparecían calladamente en la oscura sima.

Cuando, dos minutos después, el ascensor se detenía frente a la galería principal, las risotadas, las voces y los gritos que atronaban aquella parte de la mina cesaron como por encanto, y un cuchicheo temeroso brotó de las tinieblas y se propagó rápido bajo la sombría bóveda.

Mister Davis, el ingeniero jefe, un tanto obeso, alto, fuerte, de rubicunda fisonomía en la que el whisky había estampado su sello característico, inspiraba a los mineros un temor y respeto casi supersticiosos. Duro e inflexible, su trato con el obrero desconocía la piedad y en su orgullo de raza consideraba la vida de aquellos seres como una cosa indigna de la atención de un gentleman que rugía de cólera si su caballo o su perro eran víctimas de la más mínima omisión en los cuidados que demandaban sus preciosas existencias.

Le indignaba, como una rebelión, la más tímida protesta de esos pobres diablos y su pasividad de bestias le parecía un deber cuyo olvido debía castigarse severamente.

Las visitas de inspección que de tarde en tarde le imponía su puesto de ingeniero director, eran el punto negro de su vida refinada y sibarítica. Un humor endiablado se apoderaba de su ánimo durante aquellas fatigosas excursiones. Su irritabilidad se traducía en la aplicación de castigos y de multas que caían indistintamente sobre grandes y pequeños y su presencia anunciada por la blanca luz de su linterna era más temida en la mina que los hundimientos y las explosiones del grisú.

Ese día, como siempre, la noticia de su bajada había producido cierta inquieta excitación en las diversas faenas. Los obreros fijaban una mirada recelosa en cada lucecilla que brillaba en las tinieblas, creyendo ver a cada instante aparecer aquel blanquecino y temido resplandor. Por todas partes se trabajaba con febril actividad: los barreteros con el cuerpo encogido, doblado a veces en posturas inverosímiles, arrancaban trozo a trozo el quebradizo mineral que los carretilleros conducían empujando las rechinantes vagonetas hasta los tornos de las galerías de arrastre.

El ingeniero con su acompañante se detuvieron algunos momentos en el departamento de los capataces donde el primero se impuso de los detalles y necesidades que habían hecho indispensable su presencia. Después de dar allí algunas órdenes, siempre en compañía del capataz mayor, se dirigió hacia el interior de la mina recorriendo tortuosos corredores y estrechísimos pasadizos llenos de lodo. Sentado en la parte plana de una vagoneta a la que se habían quitado las maderas laterales, hacía de vez en cuando alguna observación a su subalterno que seguía tras el carro trabajosamente. Dos muchachos sin más traje que el pantalón de tela conducían el singular vehículo: el uno empujaba de atrás y el otro enganchado como un caballo tiraba de delante. Este último daba grandes muestras de cansancio: el cuerpo inundado de sudor y la expresión angustiosa de su semblante revelaban la fatiga de un esfuerzo muscular excesivo. Su pecho se henchía y deprimía como un fuelle a impulso de su agitada respiración que se escapaba por la boca entreabierta apresurada y anhelante. Una especie de arnés de cuero oprimía su busto desnudo y de la faja que rodeaba su cintura partían dos cuerdas que se enganchaban a la parte delantera de la vagoneta.

A la entrada de un pasadizo que conducía a las nuevas obras en explotación, el jefe cuya atención estaba fija en los revestimientos dio la voz de alto y dirigiendo el foco de su linterna hacia arriba comenzó a examinar las filtraciones de la roca, picando con una delgada varilla de hierro los maderos que sujetaban la techumbre. Algunas de esas vigas presentaban curvas amenazadoras y la varilla penetraba en ellas como en una cosa blanda y esponjosa. El capataz con mirada inquieta contemplaba en silencio aquel examen presintiendo una de aquellas tormentas que tan a menudo estallaban sobre su cabeza de subordinado humilde y rastrero hasta el servilismo.

–Acércate, ven acá. ¿Cuánto tiempo hace que se efectuó este revestimiento?

–Hará un mes señor, contestó el atribulado capataz. El ingeniero se volvió y dijo:

–¡Un mes y ya los maderos están podridos! Eres un torpe que te dejas sorprender por los apuntaladores que colocan madera blanca en sitios como este tan saturados de humedad. Vas a ocuparte en el acto de remediar este desperfecto antes que te haga pagar caro tu negligencia.

El azorado capataz retrocedió presuroso y desapareció en la oscuridad.

Mister Davis apoyó la punta de la vara en el desnudo torso del muchacho que tenía delante y el carro se movió, pero con lentitud, pues la pendiente hacía muy penoso el arrastre en aquel suelo blando y escurridizo. El de atrás ayudaba a su compañero con todas sus fuerzas, mas de pronto las ruedas dejaron de girar y la vagoneta se detuvo: de bruces en el lodo, asido con ambas manos a los rieles en actitud de arrastrar aún, yacía el más joven de los conductores. A pesar de su valor la fatiga lo había vencido.

La voz del jefe a quien la perspectiva de tener que arrastrarse doblado en dos por aquel suelo encharcado y sucio, ponía fuera de sí, resonó colérica en la galería.

–¡Canalla, haragán! gritó enfurecido.

Y la vara de hierro se alzó y cayó repetidas veces, produciendo un ruido sordo en aquel cuerpo inanimado.

Al sentir los golpes, el caído se incorporó sobre las rodillas y haciendo un esfuerzo se puso de pie. Había en sus ojos una expresión de rabia, de dolor y desesperación. Con nervioso movimiento se despojó de sus arreos de bestia de tiro y se arrimó a la pared donde quedó inmóvil.

Mister Davis, que le observaba con atención, descendió del carro y se le acercó con la varilla en alto diciendo:

–¡Ah! con que te resistes, ¡espera!

Pero viendo que la víctima por toda defensa cruzaba sus brazos sobre la cabeza, se detuvo, quedó indeciso un momento y luego con voz tonante profirió:

¡Vete! Fuera de aquí!

Y volviéndose al otro muchacho que temblaba como la hoja en el árbol le ordenó imperiosamente:

—Tú, sígueme.

Y encorvando su alta estatura continuó adelante por la lóbrega galería.

Después de despachar a toda prisa una cuadrilla de apuntaladores para que efectuasen en los revestimientos las reparaciones que tan duramente se le habían ordenado, el capataz se dirigió a esperar a su jefe a una pequeña plazoleta que lindaba con las nuevas obras en explotación, quedándose espantado al verlo aparecer, tras una larga espera, con la faz enrojecida, dando resoplidos de fatiga y salpicado de lodo de la cabeza a los pies. Fue tal su sorpresa que no dio un paso ni hizo un ademán para acercarse a su señor quien, dejándose caer pesadamente en unos trozos de madera, empezó a sacudir su traje y a enjugar con su fino pañuelo el copioso sudor que le inundaba el rostro.

El muchacho que llegaba empujando el pequeño carro, le reveló en dos palabras lo sucedido. El capataz oyó la noticia con inquietud y dando a su fisonomía la expresión más consternada y trágica que supo, se acercó con ademán solícito a su superior; pero este, comprendiendo que aquel incidente resultaba ridículo para su orgullo, había recobrado el gesto soberbio de supremo desdén que le era habitual y clavando en el semblante servil de su subordinado la mirada fría e implacable de sus grises pupilas le preguntó con voz al parecer serena, pero en la que se trasparentaba cierta sorda irritación.

—¿Tiene parientes ese muchacho?

—No, señor, respondió el interpelado, solo tiene madre y tres hermanos pequeños: el padre murió aplastado por un derrumbe, cuando empezaron los trabajos del nuevo chiflón. Era un buen obrero, añadió, tratando de atenuar la falta del hijo con el mérito del padre.

—Bueno, vas a dar orden inmediata para que esa mujer y sus hijos dejen ahora mismo la habitación. No quiero holgazanes aquí, terminó con amenazadora severidad.

Su acento no admitía réplica y el capataz doblando una rodilla en el húmedo suelo, tomó su libreta de apuntes y el lápiz y trazó en ella, a la luz de su linterna, algunos renglones.

Mientras escribía, su imaginación se trasladó al cuarto de la viuda y de los huérfanos, y a pesar de que aquellos lanzamientos eran cosa frecuente y que como ejecutor de la justicia inapelable del amo la sensibilidad no era el punto vulnerable de su carácter, no pudo menos de experimentar cierta desazón por esa medida que iba a causar la ruina de aquel miserable hogar.

Terminado el escrito arrancó la hoja y haciendo una señal al muchacho para que se acercara se la entregó, diciéndole:

—Llévalo afuera al mayordomo de cuartos.

Jefe y subalterno quedaron solos. En la plazoleta que servía de depósito de materiales, veíanse a la luz de las linternas, trozos de maderas de revestimientos, montones de rieles y mangos de piquetas, esparcidos en derredor de los negros muros en los cuales se dibujaban las aberturas, más negras aun, de siniestros pasadizos.

Un rumor sordo, como de rompientes lejanas, desembocaba por aquellos huecos en oleadas cortas e intermitentes: chirridos de ruedas, voces humanas confusas, chasquidos secos y un redoble lento, imposible de localizar, llenaba la maciza bóveda de aquella honda caverna donde las tinieblas limitaban el círculo de luz a un pequeñísimo radio tras el cual sus masas compactas estaban siempre en acecho, prontas a avanzar o retroceder.

De pronto, allá a la distancia, apareció una luz seguida luego por otra y otras hasta completar algunas decenas. Se asemejaban a pequeños globos rojos flotando en un mar de tinta y que subían y bajaban siguiendo la ondulada curva de un invisible oleaje.

El capataz sacó su reloj, y dijo, interrumpiendo el embarazoso silencio:

—Son los barreteros de la Media Hoja que vienen a tratar de la cuestión de los rebajes. Ayer quedaron citados para este sitio.

Y siguió dando minuciosos detalles sobre aquel asunto, detalles que su superior oía con manifiesto desagrado, su entrecejo se fruncía y todo en él revelaba una impaciencia creciente y cuando el capataz repetía por segunda vez sus argumentos:

–Es, pues, imposible aumentar los precios porque, entonces, el costo del carbón...

–Un ya lo sé, áspero y seco le cortó la palabra bruscamente.

El empleado echó una mirada a hurtadillas a su interruptor y una escéptica sonrisa invisible en la oscuridad plegó sus delgados labios al distinguir la larga hilera de lucecillas que se aproximaban. No era difícil de adivinar que el negocio de aquellos pobres diablos de barreteros corría un gravísimo riesgo de convertirse en un desastre. Y su convicción se afirmó viendo el torvo ceño del jefe y observando las huellas que la caminata por la galería había dejado en su persona y traje.

Los pantalones en las rodillas ostentaban grandes placas de barro y sus manos, ordinariamente tan blancas y cuidadas, eran las de un carbonero. No cabía duda, había tropezado y caído más de una vez. Además en su abollado sombrero se veían manchas del hollín que el humo de las lámparas deposita en la techumbre de los túneles, lo que indicaba que su cabeza había comprobado prácticamente la solidez de aquellos revestimientos que tan frágiles le habían parecido. Y a medida que avanzaba en aquel examen, una maligna alegría se retrataba en el semblante finamente astuto del capataz. Sentíase vengado, siquiera en parte, de las humillaciones que por la índole de su empleo tenía diariamente que soportar.

Las luces continuaban acercándose y se oía ya distintivamente el rumor de las voces y el chapoteo de los pies en el lodo líquido. La cabeza de la columna desembocó en breve en la plazoleta y todos aquellos hombres fueron alineándose silenciosamente frente al sitio ocupado por sus superiores. El humo de las lámparas y el olor acre de sus cuerpos sudorosos impregnó bien pronto la atmósfera de un hedor nauseabundo y asfixiante.

Y a pesar del considerable aumento de luz las sombras persistían siempre y en ellas se dibujaban las borrosas siluetas de los trabajadores, como masas confusas de perfiles indeterminados y vagos.

Mister Davis continuaba impasible sobre su banco de piedra, con las manos cruzadas sobre su grueso abdomen, dejando adivinar en la penumbra los recios contornos de su poderosa musculatura. Un silencio sepulcral reinaba en la plazoleta, silencio que interrumpieron de pronto algunas toses de viejo, cascadas y huecas.

–¡Vamos! ¿qué esperan? ¡Qué despachen pronto!, exclamó el ingeniero, dirigiéndose al capataz.

Este levantó la linterna a la altura de su cabeza y proyectó el haz luminoso sobre el grupo del cual se destacó un hombre que avanzó, gorra en mano, y se detuvo a tres pasos de distancia.

Bajo de estatura, de pecho hundido y puntiagudos hombros, su calva ennegrecida como su rostro sobre el que caían largos mechones de pelos grises, le daba un aspecto extrañamente risible y grotesco. Una ojeada significativa del capataz le dio ánimo y con voz un tanto temblorosa planteó la cuestión que allí los había reunido: el asunto era por lo demás fácil y sencillo.

Como la nueva veta solo alcanzaba un máximo de grueso de sesenta centímetros tenían que excavar cuatro decímetros más de arcilla para dar cabida a la vagoneta. Este trabajo suplementario era el más duro de la faena, pues la tosca era muy consistente y como la presencia del grisú no admitía el uso de explosivos había que ahondar el corte a golpes de piqueta, lo que demandaba fatiga y tiempo considerables. La pequeña alza del precio del cajón fijándolo en treinta centavos, no era suficiente, pues aunque empezaban la tarea al amanecer y no abandonaban la cantera hasta entrada la noche apenas alcanzaban a despachar tres carretillas, y podían contarse con los dedos de la mano los que elevaban esa cifra a cuatro. Y después de hacer una pintura sobria de la miseria de los hogares y del hambre de la mujer y de los hijos, terminó diciendo que solo la esperanza de que los rebajes los resarcirían de sus penurias, como se les había prometido al contratárseles como barreteros del nuevo filón, había sostenido las fuerzas de él y sus camaradas durante aquella larga quincena.

El ingeniero oyó aquella exposición, desde el principio al fin, sin despegar los labios, encerrado en un mutismo amenazador que nada bueno presagiaba para los intereses de los solicitantes.

Un silencio lúgubre siguió por algunos momentos, interrumpido por el leve chisporroteo de las lámparas y una que otra tos tenaz y recalcitrante. De pronto un estremecimiento recorrió el grupo, los cuellos se estiraron y se aguzaron los oídos. Era la voz interrogadora del jefe que resonaba, diciendo:

–¿Cuánto exigen ustedes por el metro de rebajes?

Aquella pregunta concreta y terminante no obtuvo respuesta. Un murmullo partió de las filas y algunas voces aisladas se escucharon, pero se callaron inmediatamente al oír de nuevo la voz imperiosa que con agrio tono repitió:

—¡Qué hay! ¿Nada contestas?

El viejo que pasaba su gorra de una mano a otra con aire indeciso interpelado así directamente adelantó un paso y dijo con voz lenta e insegura, tratando de leer en el rostro velado de su interlocutor el efecto de sus palabras:

—Señor, lo justo sería que se nos pagase por cada metro el precio de cuatro carretillas de carbón, porque...

No terminó, el ingeniero se había puesto de pie y su obesa persona se destacó tomando proporciones amenazadoras en la nebulosa penumbra.

—Sois unos insolentes, gritó con voz rebosante de ira, unos imbéciles que creen que voy a derrochar los dineros de la compañía en fomentar la pereza de un hato de holgazanes que en vez de trabajar se echan a dormir como cerdos por los rincones de las galerías.

Hizo una pausa para tomar aliento y agregó como si hablase consigo mismo:

—Pero conozco los ardides y sé lo que valen las lamentaciones hipócritas de semejante canalla.

Y encarándose con el capataz le ordenó recalcando cada una de sus palabras:

—Abonarás por el metro de rebajes en la Media Hoja treinta centavos a los barreteros que extraigan por término medio cuatro cajones de carbón diario. Los que no alcancen a esta cifra solo cobraran el precio del mineral.

Estaba furioso porque a pesar de las economías introducidas, el carbón resultaba allí más caro que en los demás filones y las exigencias de los obreros que no hacían sino confirmar aquel mal éxito, aumentaba su despecho, pues se le iba en ello su prestigio puesto en peligro por el error lamentable de sus cálculos y previsiones.

Bajo sus negras caretas los mineros palidecieron hasta la lividez. Aquellas palabras vibraron en sus oídos, repercutiendo en lo más hondo de sus almas como el toque apocalíptico de las trompetas del juicio final. Una expresión estúpida, un estupor cercano a la idiotez se pintó en sus dilatadas pupilas y sus rodillas flaquearon como si súbitamente se hubiese hundido sobre ellos la sombría bóveda. Mas, era tal el temor que les inspiraba la figura irritada e imponente del amo y tal el dominio que su autoridad todopoderosa ejercía en sus pobres espíritus envilecidos por tantos años de servidumbre, que nadie hizo un ademán ni dejó escapar la menor protesta.

Pero luego vino la reacción: era tan enorme el despojo, tan durísima la pena que sus cerebros atontados un instante por aquel golpe de masa, recobraron de nuevo la conciencia de sus actos. El primero que recobró el uso de sus facultades fue el viejo de la tiznada calva quien viendo que el jefe iba ya a marcharse le cerró resueltamente el paso diciendo con plañidera voz:

Señor, apiádese de nosotros, que se nos cumpla lo prometido, lo hemos ganado con nuestra sangre. ¡Mire usted!

Y arrancando de un tirón la manga de la blusa mostró el brazo izquierdo envuelto en sucios vendajes que apartó con violencia, quedando al descubierto un profundo desgarrón que iba de la clavícula hasta el antebrazo. Aquella llaga privada de su apósito empezó a manar sangre en abundancia.

–Señor, prosiguió, ténganos lástima, se lo pedimos de rodillas.

Pero, el ingeniero no lo oía ocupado en discutir con el capataz el camino más corto para llegar al nuevo túnel destinado a unir las nuevas obras con las antiguas.

Un murmullo amenazador se alzó tras él cuando se puso en marcha y el viejo, viendo que abandonaba la plazoleta, en un acceso de desesperación alargó la mano y lo cogió de la ropa.

Un brazo formidable se alzó en la oscuridad y de un furioso revés lanzó al atrevido a diez pasos de distancia. Se oyó un ruido sordo, un quejido y todo quedó otra vez en silencio.

Un momento después el jefe y su acompañante desaparecían en un ángulo del corredor.

En la plazoleta se desarrolló, entonces, una escena digna de los condenados del infierno. En la lobreguez de la sombra se agitaron las luces de las lámparas, moviéndose en todas direcciones y terribles juramentos y atroces blasfemias resonaron en las tinieblas, yendo a despertar a lo largo de los muros los ecos tristemente lúgubres de la roca tan insensible como el feroz egoísmo humano ante aquella inmensa desolación.

Algunos se habían echado en el suelo y mudos como masas inertes permanecían anonadados sin ver ni oír lo que pasaba a su alrededor. Un vejete lloraba en silencio acurrucado en un rincón y sus lágrimas trazaban sinuosos surcos en la cobriza y arrugada piel de su tiznado rostro. En otros grupos se discutía y gesticulaba acaloradamente y el ruido de la disputa era interrumpido a cada instante por maldiciones y rugidos de cólera y de dolor. Un muchacho alto y flaco con los puños crispados se paseaba entre los grupos oyendo los distintos pareceres y convencido de que aquello no tenía remedio, que la sentencia dictada era inapelable, en un rapto de furor estrelló la lámpara en el muro donde se hizo mil pedazos y empezó a dar cabezadas contra la roca hasta rodar desvanecido al pie de la muralla.

Poco a poco se fueron aquietando los ánimos y un fornido mocetón exclamó en voz alta.

—¡Yo no doy un piquetazo más, que todo se lo lleve el diablo!

—Es muy fácil decir eso cuando no se tiene mujer ni hijos, le contestó alguien prontamente.

—Si siquiera pudiéramos usar pólvora. ¡Maldito grisú!, murmuró quejumbrosamente el de la calva.

—Sería la misma cosa, compañero. En cuanto vieran que ganábamos un poco más, rebajarían los sueldos.

—Y la culpa la tienen ustedes, los jóvenes, afirmó un viejo.

—¡Vaya, abuelo, ataje la recua que se le dispara! profirió el primero que había tomado la palabra.

—Sí insistió el anciano, ustedes y nadie más que ustedes, tienen la culpa porque revientan trabajando y nos hacen reventar a todos. Si midiesen sus fuerzas no bajarían los precios y esta vida de perros sería menos dura.

—Es que no nos gusta mirarnos las manos cuando trabajamos.

—Tampoco las miraba yo y ya ves lo que me ha lucido.

Hubo un instante de silencio y tras una breve pausa, la voz grave y melancólica del anciano resonó otra vez:

—También fui joven y como ustedes hice lo mismo; me burlé de los viejos sin pensar que la juventud pasa tan ligero que cuando cae uno en ello es ya un desperdicio, un trasto. Viejo soy, pero no hay que olvidar que todos van por ese camino; que la muerte nos arrea y el que se para tiene pena de la vida.

Todos se callaron, nuevamente, y el vejete que gemía en el rincón se levantó y con lánguido paso abandonó la plazoleta. Muy pronto los demás siguieron su ejemplo y en la profundidad de la galería las vacilantes luces de las lámparas volvieron a sumergirse en aquellas ondas tenebrosas que ahogaron en un instante su fugitivo y moribundo resplandor.

✳✳✳

En el nuevo túnel se habían interrumpido momentáneamente los trabajos de excavación y solo había allí una cuadrilla de apuntaladores: tres hombres y un muchacho. Ocupábanse dos en aserrar los maderos y los otros dos los ajustaban en sus sitios. Estaban ya al final y solo unos cuantos metros los separaban del muro de roca que se perforaba.

Un obrero y el muchacho se empeñaban en colocar un trozo de viga en posición vertical: el primero la sostenía, mientras el segundo con un pesado combo golpeaba la parte superior. Viendo el poco éxito que obtenían, resolvieron quitarla para acortar su longitud, pero estaba encajada tan sólidamente que a pesar de sus esfuerzos no pudieron conseguirlo. Entonces, se pusieron a disputar con acritud, culpándose mutuamente de haber errado la medida del corte de aquel madero. Después de un agrio cambio de palabras se apartaron, sentándose para descansar en los trozos de roca esparcidos en el suelo.

Uno de los que aserraban se acercó, examinó la viga y viendo la señal de los golpes cerca de la techumbre, dijo, dirigiéndose al muchacho.

—Ten cuidado de golpear tan arriba. Una chispa, una sola y nos achicharramos todos en este infierno. Acércate, ven a ver, agregó agachándose al pie del muro.

—Pon la mano aquí ¿qué sientes?

—Algo así como un vientecito que sopla.

—No es viento, camarada, es el grisú.

Ayer tapamos con arcilla varias rendijas, pero esta se nos escapó.

La galería debe de estar llena del maldito gas.

Y para cerciorarse levantó la lámpara de seguridad por encima de su cabeza: la luz se alargó creciendo considerablemente, visto lo cual por el obrero bajó el brazo con rapidez.

–¡Diablo! dijo, hay aquí grisú para hacer saltar la mina entera.

Aquel muchacho cuya edad fluctuaba entre los dieciocho y diecinueve años era conocido con el singular apodo de Viento Negro. Pendenciero y fanfarrón, de fuertes y recios miembros, abusaba de su vigor físico con los compañeros generalmente más débiles que él por lo cual era muy poco estimado entre ellos. En su rostro picado de viruelas, había una firmeza y resolución que contrastaba notablemente con los semblantes tímidos e inexpresivos de sus camaradas.

El obrero y el muchacho fueron a proseguir su conversación sentados en una viga.

–Ya ves, decía el primero, estamos, vaya el caso, dentro del cañón de una escopeta, en el sitio en que se pone la carga, y señalando delante de él la alta galería continuó:

–Al menor descuido, una chispa que salte o una lámpara que se rompa, el Diablo tira del gatillo y sale el tiro. En cuanto a los que estamos aquí haríamos sencillamente el papel de perdigones.

Viento Negro no contestó. En lo alto del túnel vio brillar la luz de la linterna del ingeniero. El otro también la había visto y levantándose ambos con premura fueron a proseguir la interrumpida tarea.

El muchacho cogió el combo y se dispuso a golpear la viga, pero su compañero se lo impidió diciéndole:

–¡No ves, torpe, que eso es inútil!

–Pero ahí vienen y es preciso hacer algo.

–Yo no hago nada y cuando lleguen diré que me den otro ayudante, porque tú para nada te cuidas de mis observaciones. Y de nuevo se enconó la discusión, y hubieran llegado a las manos si la presencia de los superiores no lo hubiese impedido. Jefe y subalterno examinaron con atención los revestimientos y muy luego la mirada vigilante del capataz se fijó en la viga objeto de la disputa.

¿Qué es esto, Juan? dijo.

—Es por culpa de este, señor, respondió el obrero, señalando al muchacho, hace lo que le da la gana y no obedece mis órdenes.

Los ojos penetrantes del capataz se clavaron en Viento Negro y exclamó de pronto en tono de amenaza:

—¡Ah eres tú el que cortó ayer la cuerda de señales del departamento de los capataces! Tienes cinco pesos de multa por la fechoría.

—¡No he sido yo! rugió el interpelado pálido de cólera.

El capataz se encogió de hombros con indiferencia, pero viendo la inmovilidad del obrero y la furiosa mirada que brotaba de sus ojos, le gritó con imperio:

—¿Qué haces ahí, maldito holgazán? ¡Pronto, a quitar ese madero!

El muchacho no se movió. En su alma inculta e indómita aquella multa que tan injustamente se le aplicaba, le produjo el efecto de un latigazo, irritando hasta la exasperación su fiero y resuelto carácter.

El capataz furioso por aquel insólito desconocimiento de su autoridad cogió del cuello al desobediente y dándole un empellón hacia adelante remató la agresión aplicándole un violento puntapié por detrás. ¡Jamás lo hubiera hecho! Viento Negro se revolvió contra él como un tigre y asestándole una tremenda cabezada en mitad del pecho lo tendió exánime en el duro pavimento.

El ingeniero que cerca de allí hacía anotaciones en su cartera y que, impuesto de la disputa se preparaba a intervenir, se volvió al oír el golpe de la caída y percibiendo una sombra que se deslizaba pegada al muro, de un salto se puso delante, cerrándole el paso. El fugitivo quiso evadirse por el otro lado, pero un puño de hierro lo cogió de un brazo y lo arrastró como una pluma al fondo del túnel. Sentado en una piedra, rodeado por los obreros, el capataz vuelto de su pasajero desvanecimiento, respiraba con dificultad. Al ver a su agresor quiso abalanzarse sobre él, pero un ademán del ingeniero lo contuvo.

—Le ha dado una cabezada en el pecho, dijeron los obreros, contestando a la mirada interrogadora del jefe, quien sin soltar el brazo de su prisionero, lo condujo frente de la viga y le ordenó con tono tranquilo casi amistoso:

—Ante todo vas a colocar este soporte en su sitio.

—He dicho que no quiero trabajar, repuso con voz sorda y opaca, Viento Negro.

—Y yo te digo que trabajarás, si no te basta el martillo puedes ensayar las cabezadas en las que eres tan diestro.

Una explosión de risas saludó la cuchufleta que hizo palidecer de rabia el desfigurado rostro del obrero, quien paseó a su alrededor una mirada de fiera acorralada en la que brillaba la llama sombría de una indomable resolución. Y, de pronto, contrayendo sus músculos dio un salto hacia adelante tratando de pasar por el espacio descubierto entre el cuerpo del ingeniero y el muro del corredor. Pero un terrible puñetazo que le alcanzó en pleno rostro lo arrojó de espaldas, con extremada violencia.

Se incorporó apoyándose en las manos y las rodillas, mas una feroz patada en los riñones lo echó a rodar de nuevo por entre los escombros de la galería. Los testigos de aquella escena no respiraban y seguían con avidez todas sus peripecias.

Viento Negro, lleno de lodo, espantoso, sangriento, se puso de pie. Un hilo de sangre brotaba de su ojo derecho e iba a perderse en la comisura de los labios, pero con paso firme se adelantó y cogiendo el combo se puso a descargar furiosos golpes en la inclinada viga.

La sonrisa del orgullo satisfecho resplandecía en la ancha faz del ingeniero. Había domado la fierecilla y a cada furibundo golpe que hacía resbalar el madero sobre la roca repetía plácidamente:

—¡Bien, muchacho, bravo, bien, bien!

El capataz fue el único que percibió el peligro, pero solo alcanzó a ponerse de pie.

En la negra techumbre brillaron unas tras otras algunas grandes chispas. Viento Negro había dejado deslizarse por sus manos el mango del combo hasta su extremidad y la maza de acero al rozar las agudas aristas de la roca había producido en ellas el efecto fulminante del choque del eslabón con el pedernal.

Una llama azulada recorrió velozmente el combado techo del túnel y la masa de aire contenida entre sus muros se inflamó, convirtiéndose en una inmensa llamarada. Los cabellos y los trajes ardieron, y una luz vivísima, de extraordinaria intensidad, iluminó hasta los rincones más ocultos de la inclinada galería. Pero aquella pavorosa visión solo duró el brevísimo espacio de un segundo: un terrible crujido conmovió las entrañas de la roca y los seis hombres envueltos en un torbellino de llamas, de trozos de maderas y de piedras, fueron proyectados con espantosa violencia a lo largo del corredor.

***

Al sordo estallido de la formidable explosión los habitantes del pequeño caserío, se agolparon a las puertas y ventanas de sus viviendas y fijando sus azorados ojos en las construcciones de la mina, presenciaron llenos de espanto algo como la repentina erupción de un volcán.

Bajo el cielo azul, sereno y límpido, sin asomo de humo, ni de llamas, los maderos de la cabria arrancados de sus sitios por una fuerza prodigiosa, fueron lanzados hacia arriba en todas direcciones: una de las jaulas de hierro, recorriendo el angosto tubo del pozo, como un proyectil el ánima de un cañón, subió recta hasta una inmensa altura.

Los moradores de la población minera, en su mayor parte mujeres y niños, se abalanzaron en confuso tropel hacia el pique, donde todo era confusión y desorden: los obreros corrían de un lado para otro, despavoridos sin hallar qué hacer. Mas la presencia de ánimo del capataz de turno los tranquilizó un tanto y bajo su dirección se pusieron a trabajar con febril actividad. Las jaulas habían desaparecido y con ellas uno de los cables, pero el otro estaba aún intacto enrollado en la bobina. Con rapidez se montó una polea sobre la boca del pozo y atando un cubo de madera a la extremidad del cable quedó todo listo para efectuar la bajada. El capataz y dos obreros se disponían ya a llevar a efecto esta operación cuando una espesa humareda que empezó a brotar desde abajo se lo impidió, y hubo que aguardar que los ventiladores barrieran aquel obstáculo.

Entretanto las mujeres enloquecidas habían invadido la plataforma dificultando grandemente los trabajos de salvamento, y los obreros para tener despejado el sitio de la maniobra tenían que rechazarlas a empellones y puñetazo limpio. Sus alaridos aturdían impidiendo oír las voces de mando de capataces y maquinistas.

Por fin el humo se disipó y el capataz y los obreros se colocaron dentro del cubo: se dio la señal de bajada y desaparecieron en medio del más profundo silencio.

Frente a la galería de entrada abandonaron la improvisada jaula y penetraron al interior. Una calma aterradora reinaba allí, no se veía un rayo de luz y todo estaba limpio de obstáculos: no había rastros de vagonetas ni de maderos; las poleas, los cables, las cuerdas de señales, todo había sido barrido por la violencia del aire empujado por la explosión. Aquella soledad los sobrecogió y una angustia mortal oprimió sus corazones: ¿Habían muerto todos los compañeros?

Pero, de pronto, aparecieron gran número de luces y se encontraron rodeados por un compacto grupo de trabajadores. Al sentir la conmoción habían corrido presurosos hacia el punto de salida, mas al desembocar en la galería central los había detenido el humo y el aire irrespirable que llenaba esa parte de la mina. Nada sabían de los obreros de la entrada del pique, sin duda habían sido sepultados junto con los escombros en lo más hondo del pozo.

Las opiniones estaban acordes en que la explosión se había producido en el nuevo túnel y que debían de haber perecido en ella la cuadrilla de apuntaladores, el ingeniero jefe y el capataz mayor de la mina. Un grito unánime resonó: ¡Vamos allá! y todos se pusieron en movimiento, pero la voz enérgica del capataz los detuvo:

—Nadie se mueva, dijo con autoridad, la galería está llena de viento negro. Lo primero es activar la ventilación. Ciérrense las compuertas de la segunda galería para que el aire del ventilador obre directamente sobre el túnel. Después veremos lo que hay que hacer.

Mientras algunos se precipitaban a ejecutar aquellas órdenes, el barretero Tomás, un mocetón alto y robusto, se acercó y con tono resuelto, dijo:

—Yo iré allá si hay quien me acompañe. Es cobardía abandonar así a los compañeros. Puede haber alguno vivo todavía.

—¡Sí, sí! Vamos!, exclamaron una veintena de voces.

El capataz trató de disuadirlos, diciéndoles que era correr inútilmente a una muerte casi segura. Que hacía más de dos horas que se había producido el estallido y que por consiguiente los jefes y camaradas estaban sin duda alguna, muertos y bien muertos. Pero, viendo que no le escuchaban accedió para evitar mayores desgracias a lo propuesto por el obrero, quien después de una violenta disputa, pues todos querían ser de la partida, eligió tres acompañantes, con los cuales se puso inmediatamente en marcha.

A la entrada del túnel los cuatro hombres se arrodillaron e hicieron, la señal de la cruz y, en seguida, unos tras otros con las lámparas en alto, penetraron en la galería que por su elevación les permitía andar derechos sin encorvarse. Muy pronto sintieron latidos en las sienes y zumbidos en los oídos. A cien metros el que iba a la cabeza sintió un golpe a sus espaldas: el obrero que lo seguía había caído. Sin pérdida de tiempo lo levantaron y lo arrastraron rápidamente hacia afuera. Se le reemplazó con presteza y el pequeño grupo volvió de nuevo a internarse en el corredor.

Cuando les faltaba un centenar de metros para llegar al final, encontraron el primer cuerpo. Una ojeada les bastó para comprender que era imposible que conservara un resto de vida: estaba hecho pedazos. Algunos pasos más y tropezaron con el segundo, luego con el tercero, el cuarto y el quinto. El último era el del capataz a quien reconocieron por sus gruesos zapatos claveteados.

Faltaba el ingeniero, y sin detenerse siguieron avanzando, pero de pronto delante de ellos se desprendió un grueso bloque que cayó con gran estruendo, levantando una nube de polvo. Se hallaban en el sitio de la explosión: el suelo estaba sembrado de escombros, los revestimientos habían sido arrancados en gran parte y la techumbre principiaba a ceder. Se detuvieron un instante indecisos; mas luego, pasando por encima del obstáculo prosiguieron el avance, cautelosos, con el oído atento a los chasquidos precursores de los derrumbes y sintiendo a cada paso el golpe seco de algún desprendimiento. Caminaron así algunos metros cuando de improviso resonó un crujido. Tomás que era el primero del grupo recibió un golpe en un hombro que lo hizo vacilar sobre sus piernas: se volvió lleno de angustia: una espesa polvareda le impedía ver. Adelantó con precaución y sus dientes castañetearon: delante de él y cerrándole el paso había un montón de piedras de más de un metro de elevación y que abarcaba todo el ancho de la galería. De un salto cayó sobre aquel sepulcro y empezó a remover furiosamente los escombros, tarea que secundaron en breve los compañeros que llegaban, pero después de grandes esfuerzos solo encontraron tres cadáveres.

Mientras algunos recogían los muertos, los demás registraban los rincones en busca del ingeniero cuya extraña desaparición despertaba en sus espíritus supersticiosos la idea de que el Diablo se lo había llevado en cuerpo y alma.

De pronto alguien gritó con fuerza:

–¡Aquí está!

Todos acudieron y alumbraron con sus lámparas. En un recodo de la galería, pegado al techo y en el eje destinado a sostener la polea del cable, en la extremidad que apuntaba al fondo del túnel, había un gran bulto suspendido. Aquella masa voluminosa que despedía un olor penetrante de carne quemada, era el cuerpo del ingeniero jefe. La punta de la gruesa barra de hierro le había penetrado en el vientre y sobresalía más de un metro por entre los hombros. Con la terrible violencia del choque, la barra se había torcido y costó gran trabajo sacarlo de allí. Retirado el cadáver, como las ropas convertidas en pavesas se deshacían al más ligero contacto, los obreros se despojaron de sus blusas y lo cubrieron con ellas piadosamente. En sus rudas almas no había asomo de odio ni de rencor. Puestos en marcha con la camilla sobre los hombros respiraban con fatiga bajo el peso aplastador de aquel muerto que seguía gravitando sobre ellos, como una montaña en la cual la humanidad y los siglos habían amontonado soberbia, egoísmo y ferocidad.

EL PAGO

Pedro María, con las piernas encogidas, acostado sobre el lado derecho, trazaba a golpes de piqueta un corte en la parte baja de la vena. Aquella incisión que los barreteros llaman circa alcanzaba ya a treinta centímetros de profundidad, pero el agua que se filtraba del techo y corría por el bloque llenaba el surco cada cinco minutos, obligando al minero a soltar la herramienta para extraer con ayuda de su gorra de cuero aquel sucio y negro líquido que, escurriéndose por debajo de su cuerpo, iba a formar grandes charcas en el fondo de la galería.

Hacía algunas horas que trabajaba con ahínco para finiquitar aquel corte y empezar la tarea de desprender el carbón. En aquella estrechísima ratonera el calor era insoportable. Pedro María sudaba a mares y de su cuerpo, desnudo hasta la cintura, brotaba un cálido vaho que con el humo de la lámpara formaba a su alrededor una especie de niebla cuya opacidad, impidiéndole ver con precisión, hacía más difícil la dura e interminable tarea. La escasa ventilación aumentaba sus fatigas, el aire cargado de impurezas, pesado, asfixiante, le producía ahogos y accesos de sofocación y la altura de la labor, unos setenta centímetros escasos, solo le permitía posturas incómodas y forzadas que concluían por entumecer sus miembros ocasionándole dolores y calambres intolerables.

Apoyado en el codo, con el cuello doblado, golpeaba sin descanso y a cada golpe el agua de la cortadura le azotaba el rostro con gruesas gotas que herían sus pupilas como martillazos. Se detenía entonces por un momento para desaguar el surco y empuñaba de nuevo la piqueta sin cuidarse de la fatiga que engarrotaba sus músculos, del ambiente irrespirable de aquel agujero, ni del lodo en que se hundía su cuerpo, acosado por una idea fija, obstinada, de extraer ese día, el último de la quincena, el mayor número posible de carretillas; y esa obsesión era tan poderosa, absorbía de tal modo sus facultades, que la tortura física le hacía el efecto de la espuela que desgarra los hijares de un caballo desbocado.

Cuando la circa estuvo terminada, Pedro María sin permitirse un minuto de reposo se preparó inmediatamente a desprender el mineral. Ensayó varias posturas buscando la más cómoda para atacar el bloque, pero tuvo que resignarse a seguir con la que había adoptado hasta allí, acostado sobre el lado derecho, que era la única que le permitía manejar la piqueta con relativa facilidad. La tarea de arrancar el carbón que a un novicio le parecería operación sencillísima requiere no poca maña y destreza, pues si el golpe es muy oblicuo la herramienta resbala, desprendiendo solo pequeños trozos, y si la inclinación no es bastante el diente de acero rebota y se despunta como si fuese de mazapán.

Pedro María empezó con brío la tarea, atacó la hulla junto al corte y golpeando de arriba abajo se desprendieron de la vena grandes trozos negros y brillantes que se amontonaron rápidamente a lo largo de la hendidura; pero a medida que el golpe subía, el trabajo se hacía muy penoso. En aquel pequeño espacio no podía darse a la piqueta el impulso necesario, estrechada entre el techo y la pared, mordía el bloque débilmente, y el obrero, desesperado, multiplicaba los golpes, arrancando solo pequeños pedazos de mineral.

Un sudor copiosísimo empapaba su cuerpo y el espeso polvo que se desprendía de la vena, mezclado con el aire que respiraba, se introducía en su garganta y pulmones produciéndole accesos de tos que desgarraban su pecho dejándole sin aliento. Pero golpeaba, golpeaba sin cesar, encarnizándose contra aquel obstáculo que hubiera querido despedazar con sus uñas y sus dientes. Y enardecido, furioso, a riesgo de quedar allí sepultado, arrancó del techo un gran tablón contra el cual chocaba a cada instante la herramienta.

Una gota de agua, persistente y rápida, comenzó a caerle en la base del cuello y su fresco contacto le pareció en un principio delicioso; pero la agradable sensación desapareció muy pronto para convertirse en un escozor semejante al de una quemadura. En balde trataba de esquivar aquella gotera que, escurriéndose antes por el madero, iba a perderse en la pared y que ahora abrasaba su carne como si fuera plomo derretido.

Sin embargo, no cejaba con su tenaz empeño y mientras el carbón se desmoronaba amontonándose entre sus piernas, sus ojos buscaban el sitio propicio para herir aquel muro que agujereaba hacía ya tantos años, que era siempre el mismo, de un espesor tan enorme que nunca se le veía el fin…

Pedro María abandonó la faena al anochecer y, tomando su lámpara y arrastrándose penosamente por los corredores, ganó la galería central. Las corrientes de aire que encontraba al paso habían enfriado su cuerpo y caminaba quebrantado y dolorido, vacilante sobre sus piernas entorpecidas por tantas horas de forzada inmovilidad…

Cuando se encontró afuera sobre la plataforma, un soplo helado le azotó el rostro y sin detenerse, con paso rápido descendió por la carretera. Sobre su cabeza grandes masas de nubes oscuras corrían empujadas por un fuerte viento del septentrión, en las cuales el plateado disco de la luna, lanzado en dirección contraria, parecía penetrar con la violencia de un proyectil, palideciendo y eclipsándose entre los densos nubarrones para reaparecer de nuevo, rápido y brillante, a través de un fugitivo desgarrón. Y ante aquellas furtivas apariciones del astro, la oscuridad huía por unos instantes, destacándose sobre el suelo sombrío las brillantes manchas de las charcas que el obrero no se cuidaba de evitar en su prisa de llegar pronto y de encontrarse bajo techo, junto a la llama bienhechora del hogar.

Transido de frío, con las ropas pegadas a la piel, penetró en el estrecho cuarto. Algunos carbones ardían en la chimenea y delante de ella, colgados de un cordel se veían un pantalón y una blusa de lienzo, ropa que el obrero se puso sin tardanza, tirando la mojada en un rincón. Su mujer, le habló entonces, quejándose de que ese día tampoco había conseguido nada en el despacho. Pedro María no contestó, y como ella continuase explicándole que esa noche tenía que acostarse sin cenar, pues el poco café que había, lo destinaba para el día siguiente, su marido la interrumpió, diciéndole:

–No importa, mujer, mañana es día de pago y se acabarán nuestras penas.

Y rendido, con los miembros destrozados por la fatiga, fue a tenderse en su camastro arrimado a la pared. Aquel lecho compuesto de cuatro tablas sobre dos banquillos y cubiertas por unos cuantos sacos, no tenía más abrigo que una manta deshilachada y sucia. La mujer y los dos chicos, un rapaz de cinco años y una criatura de ocho meses, dormían en una cama parecida, pero más confortable, pues se había agregado a los sacos un jergón de paja.

Durante aquellos cinco días transcurridos desde que el despacho les cortó los víveres, las escasas ropas y utensilios habían sido vendidos o empeñados; pues en ese apartado lugarejo no existía otra tienda de provisiones que la de la Compañía en donde todos estaban obligados a comprar mediante vales o fichas al portador.

Muy pronto un sueño pesado cerró los párpados del obrero, y en aquellas cuatro paredes reinó el silencio, interrumpido a ratos por las rachas de viento y lluvia, que azotaban las puertas y ventanas de la miserable habitación.

La mañana estaba bastante avanzada cuando Pedro María se despertó. Era uno de los últimos días de junio y una llovizna fina y persistente caía del cielo entoldado, de un gris oscuro y ceniciento. Por el lado del mar una espesa cortina de brumas cerraba el horizonte, como un muro opaco que avanzaba lentamente tragándose a su paso todo lo que la vista percibía en aquella dirección.

Bajo el zinc de los corredores, entre el ir y venir de las mujeres y las locas carreras de los niños, los obreros con el busto desnudo, se friccionaban la piel briosamente para quitarse el tizne adquirido en una semana de trabajo. Ese día destinado al pago de los jornales era siempre esperado con ansia y en todos los rostros brillaba cierta alegría y animación.

Pedro María, terminado su tocado semanal, se quedó de pie un momento apoyado en el marco de la puerta, dirigiendo una mirada vaga sobre la llanura y contemplando silencioso la lluvia tenaz y monótona que empapaba el suelo negruzco, lleno de baches y de sucias charcas. Era un hombre de treinta y cinco años escasos pero, su rostro demacrado, sus ojos hundidos y su barba y cabello entrecanos le hacían aparentar más de cincuenta.

Había ya empezado para él la época triste y temible en la que el minero ve debilitarse, junto con el vigor físico, el valor y las energías de su efímera juventud.

Después de haber contemplado un instante el triste paisaje que se desenvolvía ante su vista, el obrero penetró en el cuarto y se sentó junto a la chimenea donde en el tacho de hierro hervía ya el agua para el café.

La mujer, que había salido, volvió, trayendo pan y azúcar para el desayuno. De menos edad que su marido estaba ya muy ajada y marchita por aquella vida de trabajos y de privaciones que la lactancia del pequeñuelo había hecho más difícil y penosa.

Terminado el mezquino refrigerio, marido y mujer se pusieron a hacer cálculos sobre la suma que el primero recibiría en el pago y, rectificando una y otra vez sus cuentas, llegaron a la conclusión de que pagado el despacho les quedaba un sobrante suficiente para rescatar y comprar los utensilios de que la necesidad les había obligado a deshacerse. Aquella perspectiva los puso alegre y, como en ese momento comenzase a sonar la campana de la oficina pagadora, el obrero se calzó sus ojotas y seguido de la mujer que, llevando la criatura en brazos y el otro pequeño de la mano, caminaba hundiendo sus pies desnudos en el lodo, se dirigió hacia la carretera, uniéndose a los numerosos grupos que marchaban a toda prisa en dirección de la mina.

El viento y la lluvia que caía con fuerza les obligaba a acelerar el paso para buscar un refugio bajo los cobertizos que rodeaban el pique, los que muy luego fueron insuficientes para contener aquella abigarrada muchedumbre.

Allí estaba todo el personal de las distintas faenas, desde el anciano capataz hasta el portero de ocho años, estrechándose unos a otros para evitar el agua que se escurría del alero de los tejados y con los ojos fijos en la cerrada ventanilla del pagador.

Después de un rato de espera el postigo de la ventana se alzó, empezando inmediatamente el pago de los jornales. Esta operación se hacía por secciones, y los obreros eran llamados uno a uno por los capataces que custodiaban la pequeña abertura por la que el cajero iba entregando las cantidades que constituían el haber de cada cual. Estas sumas eran en general reducidas, pues se limitaban al saldo que quedaba después de deducir el valor del aceite, carbón y multas y el total de lo consumido en el despacho.

Los obreros se acercaban y se retiraban en silencio, pues estaba prohibido hacer observaciones y no se atendía reclamo alguno, sino cuando se había pagado al último trabajador. A veces un minero palidecía y clavaba una mirada de sorpresa y de espanto en el dinero puesto al borde de la ventanilla, sin atreverse a tocarlo, pero un:

–¡Retírate!, imperioso de los capataces le hacía estirar la mano y coger las monedas con sus dedos temblorosos, apartándose en seguida con la cabeza baja y una expresión estúpida en su semblante trastornado.

Su mujer le salía al encuentro ansiosa, preguntándole:

–¿Cuánto te han dado?

Y el obrero por toda respuesta abría la mano y mostraba las monedas y luego se miraban a los ojos quedándose mudos, sobrecogidos y sintiendo que la tierra vacilaba bajo sus pies.

De pronto algunas risotadas interrumpieron el religioso silencio que reinaba allí. La causa de aquel ruido intempestivo era un minero que viendo que el empleado ponía sobre la tablilla una sola moneda de veinte centavos, la cogió, la miró un instante con atención como un objeto curioso y raro y luego la arrojó con ira lejos de sí.

Una turba de pilletes se lanzó como un rayo tras la moneda que había caído, levantando un ligero penacho en mitad de una charca, mientras el obrero, con las manos en los bolsillos, descendía por la carretera sin hacer caso de las voces de una pobre anciana que con las faldas levantadas corría gritando con acento angustioso:

–¡Juan, Juan! pero él no se detenía y muy pronto sus figuras macilentas, azotadas por el viento y por la lluvia desaparecieron arrastradas, a lo lejos, por el torrente nunca exhausto del dolor y la miseria. Pedro María esperaba con paciencia su turno y cuando el capataz exclamó en voz alta:

–¡Barreteros de la Doble! se estremeció y aguardó nervioso, con el oído atento a que se pronunciase su nombre, pero las tres palabras que lo constituían no llegaron a sus oídos. Unos tras otros fueron llamados sus compañeros y al escuchar de nuevo la voz aguda del capataz que gritaba:

–¡Barreteros de la Media Hoja! un calofrío recorrió su cuerpo y sus ojos se agrandaron desmesuradamente. Su mujer se volvió y le dijo, entre sorprendida y temerosa:

–No te han llamado. ¡Mira!, y como él no respondiese empezó a gemir, mientras mecía en sus brazos al pequeño que aburrido de chupar el agotado seno de la madre se había puesto a llorar desesperadamente.

Una vecina se acercó:

–¿Qué no lo han llamado todavía?

Y como la interpelada moviese negativamente la cabeza, dijo:

–Tampoco a este, señalando a su hijo, un muchacho de doce años, pero tan paliducho y raquítico que no aparentaba más de ocho.

Aquella mujer, joven viuda, alta, bien formada, de rostro agraciado, rojos labios y blanquísimos dientes, se arrimó a la pared del cobertizo y desde ahí lanzaba miradas fulgurantes a la ventanilla tras la cual se veían los rubios bigotes y las encarnadas mejillas del pagador.

Pedro María, entretanto, ponía en tortura su magín haciendo cálculos tras cálculos, pero el obrero como tantos otros que se hallaban en el mismo caso echaba las cuentas sin la huéspeda, es decir, sin la multa imprevista, sin la disminución del salario o el alza repentina y caprichosa de los precios del despacho. Cuando se hubo acercado a la ventanilla el último trabajador de la última faena, la voz ruda del capataz resonó clara y vibrante:

–¡Reclamos!

Y un centenar de hombres y de mujeres se precipitó hacia la oficina todos ellos estaban animados por la esperanza de que un olvido o un error fuese la causa de que sus nombres no aparecieran en las listas.

En primera fila estaba la viuda con su chico de la mano. Acercó el rostro a la abertura y dijo:

–José Ramos, portero.

–¿No ha sido llamado?

–No, señor.

El cajero recorrió las páginas del libro y con voz breve leyó:

–José Ramos, 26 días a veinticinco centavos. Tiene un peso de multa.

Queda debiendo cincuenta centavos al despacho.

La mujer roja de ira, respondió:

–¡Un peso de multa! ¿Por qué? ¡Y no son veinticinco centavos los que gana sino treinta y cinco!

El empleado no se dignó contestar y con tono imperioso y apremiante gritó a través de la ventanilla:

–¡Otro!

La joven quiso insistir, pero los capataces la arrancaron de allí y la empujaron violentamente fuera del círculo.

Su naturaleza enérgica se sublevó, la rabia la sofocaba y sus miradas despedían llamas.

–¡Canallas, ladrones!, pudo exclamar después de un momento con voz enronquecida. Con la cabeza echada atrás, el cuerpo erguido, destacándose bajo las ropas húmedas y ceñidas los amplios hombros y el combado seno, quedó un instante en actitud de reto, lanzando rayos de intensa cólera por los oscuros y rasgados ojos.

–¡No rabies, mujer, mira que ofendes a Dios!, profirió alguien burlonamente entre la turba. La interpelada se volvió como una leona.

–¡Dios!, dijo, ¡para los pobres no hay Dios!

Y lanzando una mirada furiosa hacia la ventanilla, exclamó:

–¡Malditos, sin conciencia, así se los tragará la tierra!

Los capataces sonreían por lo bajo y sus ojos brillaban codiciosamente contemplando a la real hembra. La viuda arrojó una mirada de desafío a todos y volviéndose hacia su chico, que con la boca abierta miraba embebecido una banda de gaviotas que volaban en fila, destacando bajo el cielo brumoso su albo plumaje, como una blanca cinta que el viento empujaba hacia el mar, le gritó, dándole un empellón:

–¡Anda, bestia!

El impulso fue tan fuerte y las piernas del pequeño era tan débiles que cayó de bruces en el lodo. Al ver a su hijo en el suelo los nervios de la madre perdieron su tensión y una crisis de lágrimas sacudió su pecho. Se inclinó con presteza y levantó al muchacho, besándolo amorosamente y secando con sus labios las lágrimas que corrían por aquellas mejillas pálidas a las que la pobreza de sangre daba un tinte lívido y enfermizo.

A Pedro María le había llegado el turno y aguardaba muy inquieto junto a la ventanilla. Mientras el cajero volvía las páginas el corazón le palpitaba con fuerza y la angustia de la incertidumbre le estrechaba la garganta como un dogal, de tal modo que cuando el pagador se volvió y le dijo:

–Tienes diez pesos de multa por cinco fallas y se te han descontado doce carretillas que tenían tosca. Debes, por consiguiente, tres pesos al despacho.

Quiso responder y no pudo y se apartó de allí con los brazos caídos y andando torpemente como un beodo.

Una ojeada le bastó a la mujer para adivinar que el obrero traía las manos vacías y se echó a llorar balbuceando, mientras apretaba entre sus brazos convulsivamente la criatura:

–¡Virgen santa, qué vamos a hacer!

Y cuando su marido adelantándose a la pregunta que veía venir le dijo:

–Debemos tres pesos al despacho, la infeliz redobló su llanto al que hicieron coro muy pronto los dos pequeñuelos. Pedro María contemplaba aquella desesperación mudo y sombrío, y la vida se le apareció en ese instante con caracteres tan odiosos que si hubiera encontrado un medio rápido de librarse de ella lo habría adoptado sin vacilar.

Y por la ventanilla abierta parecía brotar un hálito de desgracias, todos los que se acercaban a aquel hueco se separaban de él con el rostro pálido y convulso, los puños apretados, mascullando maldiciones y juramentos. Y la lluvia caía siempre, copiosa, incesante, empapando la tierra y calando las ropas de aquellos miserables para quienes la llovizna y las inclemencias del cielo eran una parte muy pequeña de sus trabajos y sufrimientos.

Pedro María, taciturno, cejijunto, vio alejarse su mujer e hijos cuyos harapos adheridos a sus carnes flácidas les daban un aspecto más miserable aun. Su primer impulso había sido seguirlos, pero la rápida visión de las desnudas y frías paredes del cuarto, del hogar apagado, del chico pidiendo pan, lo clavó en el sitio. Algunos compañeros lo llamaron haciéndole guiños expresivos, pero no tenía ganas de beber; la cabeza le pesaba como plomo sobre los hombros y en su cerebro vacío no había una idea, ni un pensamiento. Una inmensa laxitud entorpecía sus miembros y habiendo encontrado un lugar seco se tendió en el suelo y muy pronto un sueño pesado lleno de imágenes y visiones extraordinariamente extrañas y fantásticas, cerró sus párpados.

Y soñó que estaba allá abajo, piqueta en mano, atacando la vena y cosa rara le parecía que aquella masa oscura, quebradiza como el cristal, no tenía la consistencia de otras veces. Sacudió la lámpara para ver mejor y su extrañeza desapareció. No era carbón, ni otro mineral cualquiera lo que hería la acerada punta de la herramienta, sino una masa rojiza, blanda-gelatinosa. Entonces, sintió que una vívida claridad penetraba en su cerebro:

aquello era el sudor, la sangre y las lágrimas vertidas por las generaciones de mineros, sus antepasados, en los corredores de la mina y por los que aún poblaban sus infernales pasadizos. Y sin asombro vio que el sudor que brotaba de su cuerpo era de color de púrpura y que poco a poco tomaba el tinte y consistencia del extraordinario filón.

Luego la visión se trasformó y se encontró delante de un inmenso crisol donde era arrojado el extraño mineral y que dejaba escapar por una abertura de su parte inferior un chorro dorado que saltaba como una cascada, esparciéndose en áureos arroyuelos por los campos.

Al contacto del oro la tierra se estremecía y, como al golpe de una varilla mágica, brotaban de su seno palacios y moradas espléndidas en cuyas estancias resplandecientes como el día, innumerables parejas se entrelazaban al acompasado son de voluptuosas danzas.

De pronto los bailes y las músicas cesaron y una luz extraña, rarísima, iluminó los aposentos. Los diamantes que brillaban en los cabellos y gargantas de las mujeres se desprendieron de sus engarces y rodaron como lágrimas por los níveos hombros y senos de las hermosas, haciéndolas estremecerse con su húmedo contacto. Los rubíes dejaban al caer manchas sangrientas sobre los regios tapices. Y las paredes, las escalinatas, los bronces y los mármoles, tomaron un tinte rojo, violáceo, horrible, parecían de sangre coagulada.

Mientras Pedro María contemplaba aquella brusca transformación, una espantable turba se abalanzó sobre los edificios: eran esqueletos que con sus garfiados dedos despedazaban esos templos de la fortuna y del placer, arrancando trozos que se adherían a sus osamentas convertidos en jirones de carne palpitante.

A medida que los esqueletos se vestían de aquella extraña manera, adquiriendo sangre y músculos, los palacios se desvanecían desmenuzados por aquellos millares de tenazas y acerados garfios. Nada restaba de las soberbias moradas, ni los cimientos. Y cuando hubo desaparecido el último escombro, la última piedra, solo quedó en aquel sitio una muchedumbre de viejos, de jóvenes y niños tiznados y sucios.

El obrero se despertó súbitamente. Los cobertizos estaban desiertos y las gotas de lluvia modulaban su alegre sinfonía, escurriéndose rápidas por el alero de los tejados.

El Chiflón del Diablo

En una sala baja y estrecha, el capataz de turno sentado en su mesa de trabajo y teniendo delante de sí un gran registro abierto, vigilaba la bajada de los obreros en aquella fría mañana de invierno. Por el hueco de la puerta se veía el ascensor aguardando su carga humana que, una vez completa, desaparecía con él, callada y rápida, por la húmeda abertura del pique.

Los mineros llegaban en pequeños grupos y, mientras descolgaban de los ganchos adheridos a las paredes sus lámparas ya encendidas, el escribiente fijaba en ellos una ojeada penetrante, trazando con el lápiz una corta raya al margen de cada nombre. De pronto, dirigiéndose a dos trabajadores, que iban presurosos hacia la puerta de salida los detuvo con un ademán, diciéndoles:

–Quédense ustedes.

Los obreros se volvieron sorprendidos y una vaga inquietud se pintó en sus pálidos rostros. El más joven, muchacho de veinte años escasos, pecoso, con una abundante cabellera rojiza, a la que debía el apodo de Cabeza de Cobre, con que todo el mundo lo designaba, era de baja estatura, fuerte y robusto. El otro más alto, un tanto flaco y huesudo, era ya viejo, de aspecto endeble y achacoso.

Ambos con la mano derecha sostenían la lámpara y con la izquierda un manojo de pequeños trozos de cordel en cuyas extremidades había atados un botón o una cuenta de vidrio de distintas formas y colores: eran los tantos o señales que los barreteros sujetan dentro de las carretillas de carbón para indicar arriba su procedencia.

La campana del reloj, colgado en el muro, dio pausadamente las seis. De cuando en cuando un minero jadeante se precipitaba por la puerta, descolgaba su lámpara y con la misma prisa abandonaba la habitación, lanzando al pasar junto a la mesa una tímida mirada al capataz, quien, sin despegar los labios, impasible y severo, señalaba con una cruz el nombre del rezagado.

Después de algunos minutos de silenciosa espera el empleado hizo una seña a los obreros para que se acercasen, y les dijo:

–Son ustedes barreteros de la Alta, ¿no es así?

–Sí, señor, respondieron los interpelados.

–Siento decirles que quedan sin trabajo. Tengo orden de disminuir el personal de esa veta. Los obreros no contestaron y hubo por un instante un profundo silencio.

Por fin el de más edad, dijo:

–¿Pero se nos ocupará en otra parte?

El individuo cerró el libro con fuerza y echándose atrás en el asiento con tono serio contestó:

–Lo veo difícil, tenemos gente de sobra en todas las faenas. El obrero insistió:

–Aceptamos el trabajo que se nos dé, seremos torneros, apuntaladores, lo que Ud. quiera.

El capataz movía la cabeza negativamente.

–Ya lo he dicho, hay gente de sobra y si los pedidos de carbón no aumentan, habrá que disminuir también la explotación en algunas otras vetas.

Una amarga e irónica sonrisa contrajo los labios del minero, y exclamó:

–Sea usted franco, don Pedro, y díganos de una vez que quiere obligarnos a que vayamos a trabajar al Chiflón del Diablo.

El empleado se irguió en la silla y protestó indignado:

–Aquí no se obliga a nadie. Así como Uds. son libres para rechazar el trabajo que no les agrade, la Compañía, por su parte, está en su derecho para tomar las medidas que más convengan a sus intereses.

Durante aquella filípica, los obreros con los ojos bajos escuchaban en silencio y al ver su humilde continente, la voz del capataz se dulcificó.

–Pero, aunque las órdenes que tengo son terminantes, agregó, quiero ayudarles a salir del paso. Hay en el Chiflón Nuevo o del Diablo como

Uds. lo llaman dos vacantes de barreteros, pueden ocuparlas ahora mismo, pues mañana sería tarde.

Una mirada de inteligencia se cruzó entre los obreros. Conocían la táctica y sabían de antemano el resultado de aquella escaramuza. Por lo demás estaban ya resueltos a seguir su destino. No había medio de evadirse. Entre morir de hambre o aplastado por un derrumbe era preferible lo último: tenía la ventaja de la rapidez. ¿Y adónde ir? El invierno, el implacable enemigo de los desamparados, como un acreedor que cae sobre los haberes del insolvente sin darle treguas ni esperas, había despojado a la naturaleza de todas sus galas. El rayo tibio del sol, el esmaltado verdor de los campos, las alboradas de rosa y oro, el manto azul de los cielos, todo había sido arrebatado por aquel Shylok inexorable que, llevando en la diestra su inmensa talega iba recogiendo en ella los tesoros de color y de luz que encontraba al paso sobre la faz de la tierra.

Las tormentas de viento y lluvia que convertían en torrentes los lánguidos arroyuelos, dejaban los campos desolados y yermos. Las tierras bajas eran inmensos pantanos de aguas cenagosas y en las colinas y en las laderas de los montes, los árboles sin hojas ostentaban bajo el cielo eternamente opaco la desnudez de sus ramas y de sus troncos.

En las chozas de los campesinos el hambre asomaba su pálida faz a través de los rostros famélicos de sus habitantes, quienes se veían obligados a llamar a las puertas de los talleres y de las fábricas en busca del pedazo de pan que les negaba el mustio suelo de las campiñas exhaustas.

Había, pues, que someterse a llenar los huecos que el fatídico corredor abría constantemente en sus filas de inermes desamparados, en perpetua lucha contra las adversidades de la suerte, abandonados de todos, y contra quienes toda injusticia e iniquidad estaba permitida.

El trato quedó hecho. Los obreros aceptaron sin poner objeciones el nuevo trabajo y un momento después estaban en la jaula, cayendo a plomo en las profundidades de la mina.

La galería del Chiflón del Diablo tenía una siniestra fama. Abierta para dar salida al mineral de un filón recién descubierto se habían en un principio ejecutado los trabajos con el esmero requerido. Pero a medida que se ahondaba en la roca, ésta se tornaba porosa e inconsistente. Las filtraciones un tanto escasas al empezar habían ido en aumento, haciendo muy precaria la estabilidad de la techumbre que solo se sostenía mediante sólidos revestimientos.

Una vez terminada la obra, como la inmensa cantidad de maderas que había que emplear en los apuntalamientos aumentaba el costo del mineral de un modo considerable, se fue descuidando poco a poco esta parte esencialísima del trabajo. Se revestía siempre, sí, pero con flojedad, economizando todo lo que se podía.

Los resultados de este sistema no se dejaron esperar. Continuamente había que extraer de allí un contuso, un herido y también a veces algún muerto aplastado por un brusco desprendimiento de aquel techo falto de apoyo, y que, minado traidoramente por el agua, era una amenaza constante para las vidas de los obreros, quienes atemorizados por la frecuencia de los hundimientos empezaron a rehuir las tareas en el mortífero corredor. Pero la Compañía venció muy luego su repugnancia con el cebo de unos cuantos centavos más en los salarios y la explotación de la nueva veta, continuó.

Muy luego, sin embargo, el alza de jornales fue suprimida sin que por esto se paralizasen las faenas, bastando para obtener este resultado el método puesto en práctica por el capataz aquella mañana. Muchas veces, a pesar de los capitales invertidos en esa sección de la mina se había pensado en abandonarla, pues el agua estropeaba en breve los revestimientos que había que reforzar continuamente, y aunque esto se hacía en las partes solo indispensables, el consumo de maderos resultaba siempre excesivo. Pero para desgracia de los mineros, la hulla extraída de allí era superior a la de los otros filones y la carne del dócil y manso rebaño puesta en el platillo más leve, equilibraba la balanza, permitiéndole a la Compañía explotar sin interrupción el riquísimo venero, cuyos negros cristales guardaban a través de los siglos la irradiación de aquellos millones de soles que trazaron su ruta celeste, desde el oriente al ocaso, allá en la infancia del planeta.

Cabeza de Cobre llegó esa noche a su habitación más tarde que de costumbre. Estaba grave, meditabundo, y contestaba con monosílabos las cariñosas preguntas que le hacía su madre sobre su trabajo del día. En ese hogar humilde había cierta decencia y limpieza por lo común desusadas en aquellos albergues donde en promiscuidad repugnante se confundían hombres, mujeres y niños y una variedad tal de animales que cada uno de aquellos cuartos sugería en el espíritu la bíblica visión del Arca de Noé.

La madre del minero era una mujer alta, delgada, de cabellos blancos. Su rostro muy pálido tenía una expresión resignada y dulce que hacía más suave aún el brillo de sus ojos húmedos, donde las lágrimas parecían estar siempre prontas a resbalar. Se llamaba María de los Ángeles.

Hija y madre de mineros, terribles desgracias la habían envejecido prematuramente. Su marido y dos hijos muertos unos tras otros por los hundimientos y las explosiones del grisú, fueron el tributo que los suyos habían pagado a la insaciable avidez de la mina. Solo le restaba aquel muchacho por quien su corazón, joven aún, pasaba en continuo sobresalto.

Siempre temerosa de una desgracia, su imaginación no se apartaba un instante de las tinieblas del manto carbonífero que absorbía aquella existencia que era su único bien, el único lazo que la sujetaba a la vida.

¡Cuántas veces en esos instantes de recogimiento había pensado, sin acertar a explicárselo, en el porqué de aquellas odiosas desigualdades humanas que condenaba a los pobres, al mayor número, a sudar sangre para sostener el fausto de la inútil existencia de unos pocos! ¡Y si tan solo se pudiera vivir sin aquella perpetua zozobra por la suerte de los seres queridos, cuyas vidas eran el precio, tantas veces pagado, del pan de cada día!

Pero aquellas cavilaciones eran pasajeras y no pudiendo descifrar el enigma, la anciana ahuyentaba esos pensamientos y tornaba a sus quehaceres con su melancolía habitual.

Mientras la madre daba la última mano a los preparativos de la cena, el muchacho sentado junto al fuego permanecía silencioso, abstraído en sus pensamientos. La anciana inquieta por aquel mutismo, se preparaba a interrogarlo cuando la puerta giró sobre sus goznes y un rostro de mujer asomó por la abertura.

—Buenas noches, vecina. ¿Cómo está el enfermo?, preguntó cariñosamente María de los Ángeles.

—Lo mismo, contestó la interrogada, penetrando en la pieza. El médico dice que el hueso de la pierna no ha soldado todavía y que debe estar en la cama sin moverse.

La recién llegada era una joven de moreno semblante, demacrado por vigilias y privaciones. Tenía en la diestra una escudilla de hoja de lata y, mientras respondía, se esforzaba por desviar la vista de la sopa que humeaba sobre la mesa.

La anciana alargó el brazo y cogió el jarro y en tanto vaciaba en él el caliente líquido, continuó preguntando:

¿Y hablaste, hija, con los jefes? ¿Te han dado algún socorro? La joven murmuró con desaliento:

–Sí, estuve allá. Me dijeron que no tenía derecho a nada, que bastante hacían con darnos el cuarto; pero, que si él se moría fuera a buscar una orden para que en el despacho me entregaran cuatro velas y una mortaja.

Y dando un suspiro agregó:

–Espero en Dios que mi pobre Juan no los obligará a hacer ese gasto.

María de los Ángeles añadió a la sopa un pedazo de pan y puso ambas dádivas en mano de la joven, quien se encaminó hacia la puerta diciendo agradecida:

–La virgen se lo pagará, vecina.

–Pobre, Juana, dijo la madre, dirigiéndose a su hijo, que había arrimado su silla junto a la mesa, pronto hará un mes que sacaron a su marido del pique con la pierna rota.

–¿En qué se ocupaba?

–Era barretero del Chiflón del Diablo.

–¡Ah, sí, dicen que los que trabajan ahí tienen la vida vendida!

–No tanto, madre, dijo el obrero, ahora es distinto, se han hecho grandes trabajos de apuntalamientos. Hace más de una semana que no hay desgracias.

–Será así como dices, pero yo no podría, vivir si trabajaras allá; preferiría irme a mendigar por los campos. No quiero que te traigan un día como me trajeron a tu padre y a tus hermanos.

Gruesas lágrimas se deslizaban por el pálido rostro de la anciana. El muchacho callaba y comía sin levantar la vista del plato.

Cabeza de Cobre se fue a la mañana siguiente a su trabajo sin comunicar a su madre el cambio de faena efectuado el día anterior. Tiempo de sobra habría siempre para darle aquella mala noticia. Con la despreocupación propia de la edad no daba grande importancia a los temores de la anciana. Fatalista, como todos sus camaradas, creía que era inútil tratar de sustraerse al destino que cada cual tenía de antemano designado.

Cuando una hora después de la partida de su hijo María de los Ángeles abría la puerta, se quedó encantada de la radiante claridad que inundaba los campos. Hacía mucho tiempo que sus ojos no veían una mañana tan hermosa. Un nimbo de oro circundaba el disco del sol que se levantaba sobre el horizonte enviando a torrentes sus vívidos rayos sobre la húmeda tierra, de la que se desprendían por todas partes azulados y blancos vapores. La luz del astro, suave como una caricia, derramaba un soplo de vida sobre la naturaleza muerta. Bandadas de aves cruzaban, allá lejos, el sereno azul y un gallo de plumas tornasoladas desde lo alto de un montículo de arena, lanzaba un alerta estridente cada vez que la sombra de un pájaro se deslizaba junto a él.

Algunos viejos, apoyándose en bastones, muletas, aparecieron bajo los sucios corredores, atraídos por el glorioso resplandor que iluminaba el paisaje. Caminaban despacio, estirando sus miembros entumecidos, ávidos de aquel tibio calor que fluía de lo alto.

Eran los inválidos de la mina, los vencidos del trabajo. Muy pocos eran los que no estaban mutilados y que no carecían ya de un brazo o de una pierna. Sentados en un banco de madera que recibía de lleno los rayos del sol, sus pupilas fatigadas, hundidas en las órbitas, tenían una extraña fijeza. Ni una palabra se cruzaba entre ellos, y de cuando en cuando tras una tos breve y cavernosa, sus labios cerrados se entreabrían para dar paso a un escupitajo negro como la tinta.

Se acercaba la hora del mediodía y en los cuartos las mujeres atareadas preparaban las cestas de la merienda para los trabajadores, cuando el breve repique de la campana de alarma las hizo abandonar la faena y precipitarse despavoridas fuera de las habitaciones.

En la mina el repique había cesado y nada hacía presagiar una catástrofe. Todo tenía allí el aspecto ordinario y la chimenea dejaba escapar sin interrupción su enorme penacho que se ensanchaba y crecía arrastrado por la brisa que lo empujaba hacia el mar.

María de los Ángeles se ocupaba en colocar en la cesta destinada a su hijo la botella del café, cuando la sorprendió el toque de alarma y, soltando aquellos objetos, se abalanzó hacia la puerta frente a la cual pasaban a escape con las faldas levantadas, grupos de mujeres seguidas de cerca por turbas de chiquillos que corrían desesperadamente en pos de sus madres. La anciana siguió aquel ejemplo: sus pies parecían tener alas, el aguijón del terror galvanizaba sus viejos músculos y todo su cuerpo se estremecía y vibraba como la cuerda del arco en su máximo de tensión.

En breve se colocó en primera fila y su blanca cabeza herida por los rayos del sol parecía atraer y precipitar tras de sí la masa sombría del harapiento rebaño.

Las habitaciones quedaron desiertas. Sus puertas y ventanas se abrían y se cerraban con estrépito impulsadas por el viento. Un perro atado en uno de los corredores, sentado en sus cuartos traseros, con la cabeza vuelta hacia arriba, dejaba oír un aullido lúgubre como respuesta al plañidero clamor que llegaba hasta él, apagado por la distancia.

Solo los viejos no habían abandonado su banco calentado por el sol, y mudos e inmóviles, seguían siempre en la misma actitud, con los turbios ojos fijos en un más allá invisible y ajenos a cuanto no fuera aquella férvida irradiación que infiltraba en sus yertos organismos un poco de aquella energía y de aquel tibio calor que hacía renacer la vida sobre los campos desiertos.

Como los polluelos que, percibiendo de improviso el rápido descenso del gavilán, corren lanzando pitíos desesperados a buscar un refugio bajo las plumas erizadas de la madre, aquellos grupos de mujeres con las cabelleras destrenzadas, gimoteando, fustigadas por el terror, aparecieron en breve bajo los brazos descarnados de la cabria, empujándose y estrechándose sobre la húmeda plataforma. Las madres apretaban a sus pequeños hijos, envueltos en sucios harapos, contra el seno semi desnudo, y un clamor que no tenía nada de humano brotaba de las bocas entreabiertas contraídas por el dolor.

Una recia barrera de maderos defendía por un lado la abertura del pozo y en ella fue a estrellarse parte de la multitud. En el otro lado unos cuantos obreros con la mirada hosca, silenciosos y taciturnos, contenían las apretadas filas de aquella turba que ensordecía con sus gritos, pidiendo noticias de sus deudos, del número de muertos y del sitio de la catástrofe.

En la puerta de los departamentos de las máquinas se presentó con la pipa entre los dientes uno de los ingenieros, un inglés corpulento, de patillas rojas, y con la indiferencia que da la costumbre, paseó una mirada sobre aquella escena. Una formidable imprecación lo saludó y centenares de voces aullaron:

–¡Asesinos, asesinos!

Las mujeres levantaban los brazos por encima de sus cabezas y mostraban los puños ebrias de furor.

El que había provocado aquella explosión de odio lanzó al aire algunas bocanadas de humo y volviendo la espalda, desapareció.

Las noticias que los obreros daban del accidente calmó un tanto aquella excitación.

El suceso no tenía las proporciones de las catástrofes de otras veces: solo había tres muertos de quienes se ignoraban aún los nombres. Por lo demás y casi no había necesidad de decirlo, la desgracia, un derrumbe, había ocurrido en la galería del Chiflón del Diablo donde se trabajaba hacía ya dos horas en extraer las víctimas, esperándose de un momento a otro la señal de izar en el departamento de las máquinas.

Aquel relato hizo nacer la esperanza en muchos corazones devorados por la inquietud. María de los Ángeles, apoyada en la barrera, sintió que la tenaza que mordía sus entrañas aflojaba sus férreos garfios. No era la suya esperanza sino certeza: de seguro él no estaba entre aquellos muertos. Y reconcentrada entre sí misma con ese feroz egoísmo de las madres oía casi con indiferencia los histéricos sollozos de las mujeres y sus ayes de desolación y angustia.

Entretanto huían las horas y bajo las arcadas de cal y ladrillo, la máquina inmóvil dejaba reposar sus miembros de hierro en la penumbra de los vastos departamentos; los cables, como los tentáculos de un pulpo, surgían estremecientes del pique hondísimo y enroscaban en la bobina sus flexibles y viscosos brazos; la masa humana, apretada y compacta, palpitaba y gemía como una res desangrada y moribunda y arriba, por sobre la campiña inmensa, el sol, traspuesto ya el meridiano, continuaba lanzando los haces centelleantes de sus rayos tibios y una calma y serenidad celestes se desprendían del cóncavo espejo del cielo, azul y diáfano, que no empañaba una nube.

De improviso el llanto de las mujeres cesó: un campanazo seguido de otros tres resonaron lentos y vibrantes: era la señal de izar. Un estremecimiento agitó la muchedumbre que siguió, con avidez las oscilaciones del cable que subía; en cuya extremidad estaba la terrible incógnita que todos ansiaban y temían descifrar.

Un silencio lúgubre interrumpido apenas por uno que otro sollozo reinaba en la plataforma y el aullido lejano se esparcía en la llanura y volaba por los aires, hiriendo los corazones como un presagio de muerte.

Algunos instantes pasaron, y de pronto la gran argolla de hierro que corona la jaula, asomó por sobre el brocal. El ascensor se balanceó un momento y luego se detuvo sujeto por los ganchos del reborde superior.

Dentro de él algunos obreros con las cabezas descubiertas rodeaban una carretilla negra de barro y de polvo de carbón.

Un clamoreo inmenso saludó la aparición del fúnebre carro, la multitud se arremolinó y su loca desesperación dificultaba enormemente la extracción de los cadáveres. El primero que se presentó a las ávidas miradas de la turba estaba forrado en mantas y solo dejaba ver los pies descalzos, rígidos y manchados de lodo. El segundo que siguió inmediatamente al anterior tenía la cabeza desnuda: era un viejo de barba y cabellos grises.

El tercero y último apareció a su vez. Por entre los pliegues de la tela que lo envolvía asomaban algunos mechones de pelos rojos que lanzaban a la luz del sol un reflejo de cobre recién fundido. Varias voces profirieron con espanto:

–¡El Cabeza de Cobre!

El cadáver tomado por los hombros y por los pies fue colocado trabajosamente en la camilla que lo aguardaba.

María de los Ángeles al percibir aquel lívido rostro y esa cabellera que parecía empapada en sangre, hizo un esfuerzo sobrehumano para abalanzarse sobre el muerto; pero apretada contra la barrera solo pudo mover los brazos en tanto que un sonido inarticulado brotaba de su garganta.

Luego, sus músculos se aflojaron, los brazos cayeron a lo largo del cuerpo y permaneció inmóvil en el sitio como herida por el rayo.

Los grupos se apartaron y muchos rostros se volvieron hacia la mujer, quien con la cabeza doblada sobre el pecho, sumida en una insensibilidad absoluta parecía absorta en la contemplación del abismo abierto a sus pies.

Un rayo de sol, pasando a través de la red de cables y de maderos, hería oblicuamente la húmeda pared del pozo. Atraídas por aquel punto blanco y brillante las pupilas de la anciana, espantosamente dilatadas, se clavaron en el círculo luminoso, el cual lentamente y como si obedeciera a la inexorable, escrutadora mirada, fue ensanchándose y penetrando en la masa de roca como a través de un cristal diáfano y trasparente.

Aquella rendija, semejante al tubo de un colosal anteojo, puso a la vista de María de los Ángeles un mundo desconocido: un laberinto de corredores abiertos en la roca viva, sumergidos en tinieblas impenetrables y en los cuales el rayo de sol esparcía una claridad vaga y difusa.

A veces el haz luminoso, cual una barrena de diamante, agujereaba los techos de lóbregas galerías a las que se sucedían redes inextricables de pasadizos estrechos por los que apenas podría deslizarse una alimaña.

De pronto las pupilas de la anciana se animaron: tenía a la vista un largo corredor muy inclinado en el que tres hombres forcejeaban por colocar dentro de la vía una carretilla de mineral. Una lluvia copiosa caía desde la techumbre sobre sus torsos desnudos. María de los Ángeles reconoció a su hijo en uno de aquellos obreros en el instante en que se erguían violentamente y fijaban en el techo una mirada de espanto: siguió un chasquido seco y desapareció la visión.

Cuando las tinieblas se disiparon la anciana vio flotar sobre un montón de escombros una densa nube de polvo, al mismo tiempo que un llamado de infinita angustia, un grito de terrible agonía subió por el inmenso tubo acústico y murmuró junto a su oído:

–¡Madre mía!

✳✳✳

Jamás se supo como salvó la barrera, detenida por los cables niveles, se la vio por un instante agitar sus piernas descarnadas en el vacío, y luego, sin un grito, desaparecer en el abismo. Algunos segundos después, un ruido sordo, lejano, casi imperceptible, brotó de la hambrienta boca del pozo de la cual se escapaban bocanadas de tenues vapores: era el aliento del monstruo ahíto de sangre en el fondo de su cubil.

EL POZO

Con los brazos arremangados y llevando sobre la cabeza un cubo lleno de agua, Rosa atravesaba el espacio libre que había entre las habitaciones y el pequeño huerto, cuya cerca de ramas y troncos secos se destacaba oscura, casi negra, en el suelo arenoso de la campiña polvorienta.

El rostro moreno, asaz encendido de la muchacha, tenía toda la frescura de los dieciséis años y la suave y cálida coloración de la fruta no tocada todavía. En sus ojos verdes, sombreados por largas pestañas, había una expresión desenfadada y picaresca, y su boca de labios rojos y sensuales mostraba al reír dos hileras de dientes blancos que envidiaría una reina.

Aquella postura, con los brazos en alto, hacía resaltar en el busto opulento ligeramente echado atrás y bajo el corpiño de burda tela, sus senos firmes, redondos e incitantes. Al andar se cimbraban el flexible talle y la ondulante falda de percal azul que modelaba sus caderas de hembra bien conformada y fuerte. Pronto se encontró delante de la puertecilla que daba acceso al cercado y penetró en su interior. El huerto muy pequeño estaba plantado de hortalizas cuyos cuadros mustios y marchitos empezó la joven a refrescar con el agua que había traído. Vuelta de espaldas hacia la entrada, introducía en el cubo puesto en tierra, ambas manos, y lanzaba el líquido con fuerza delante de sí. Absorta en esta operación no se dio cuenta de que un hombre, deslizándose, sigilosamente por el postigo entreabierto, avanzó hacia ella a paso de lobo, evitando todo rumor. El recién llegado era un individuo muy joven cuyo rostro pálido, casi imberbe, estaba iluminado por dos ojos oscuros llenos de fuego.

Un ligero bozo apuntaba en su labio superior, y el cabello negro y lacio que caía sobre su frente deprimida y estrecha le daba un aspecto casi infantil. Vestía una camiseta de rayas blancas y azules, pantalón gris y calzaba alpargatas de cáñamo.

El leve roce de las hojas secas que tapizaban el suelo hizo volverse a la joven rápidamente y una expresión de sorpresa y de marcado disgusto se pintó en su expresiva fisonomía.

El visitante se detuvo frente a un cuadro de coles y de lechugas que lo separaba de la moza y se quedó inmóvil, devorándola con la mirada.

La muchacha con los ojos bajos y el ceño fruncido, callaba enjugando las manos en los pliegues de su traje.

–Rosa, dijo el mozo con tono jovial y risueño, pero que acusaba una emoción mal contenida.

–Qué a tiempo te volviste. ¡Vaya con el susto que te habría dado!

Y cambiando de acento con vos apasionada e insinuante prosiguió:

–Ahora que estamos solos me dirás que es lo que te han dicho de mí; por qué no me oyes y te escondes cuando quiero verte.

La interpelada permaneció silenciosa y su aire de contrariedad se acentuó. El reclamo amoroso se hizo tierno y suplicante.

–Rosa, imploró la voz ¿tendré tan mala suerte que desprecies este cariño, este corazón que es más tuyo que mío? ¡Acuérdate que éramos novios, que me querías!

Con acento reconcentrado, sin levantar la vista del suelo, la moza respondió:

–¡Nunca te dije nada!

–Es cierto, pero tampoco te esquivabas cuando te hablaba de amor. Y el día que te juré casarme contigo no me dijiste que no.

–Al contrario te reías y con los ojos me dabas el sí.

–Creí que lo decías por broma.

Una forzada sonrisa vagó por los labios del galán y en tono de doloroso reproche contestó:

–¡Broma! ¡Mira! aunque se rían de mí porque me caso a fardo cerrado, di una palabra y ahora mismo voy a buscar el cura para que nos eche las bendiciones.

Rosa, cuya impaciencia y fastidio habían ido en aumento, por toda respuesta se inclinó, tomó el balde y dio un paso hacia la puerta. El mozo se interpuso y con tono sombrío y resuelto exclamó:

–¡No te irás de aquí mientras no me digas por qué has cambiado de ese modo!

–Nada tengo que decirte y si no me dejas pasar, grito y llamo a mi madre.

Una oleada de sangre coloreó el pálido rostro del muchacho, un relámpago brotó de sus ojos y con voz trémula por el dolor y por la cólera profirió:

–¡Ah! perra, ya sé quién es el que te ha puesto así; ¡pero antes que se salga con la suya, como hay Dios que le arrancaré la lengua y el alma!

Rosa, erguida delante de él, lo contemplaba hosca y huraña.

–Por última vez ¿quieres o no ser mi mujer?

–¡Nunca! dijo con fiereza la joven. ¡Primero muerta!

La mirada con que acompañó sus palabras fue tan despreciativa y había tal expresión de desafío en sus verdes y luminosas pupilas que el muchacho quedó un instante como atontado sin hallar qué responder; pero de improviso ebrio de despecho y de deseos dio un salto hacia la moza, la cogió por la cintura y levantándola en el aire, la tumbó sobre la hojarasca.

Una lucha violentísima se entabló. La joven, robusta y vigorosa, opuso una desesperada resistencia y sus dientes y sus uñas se clavaron con furor en la mano que sofocaba sus gritos y la impedía demandar socorro.

Una aparición inesperada la salvó. Un segundo individuo estaba de pie en el umbral de la puerta. El agresor se levantó de un brinco y con los puños cerrados y la mirada centelleante, aguardó al intruso que avanzó recto hacia él con el rostro ceñudo y los ojos inyectados de sangre.

Rosa, con las mejillas encendidas, surcadas por lágrimas de fuego, reparaba junto a la cerca el desorden de sus ropas. Las desgarraduras del corpiño dejaban entrever tesoros, de ocultas bellezas que su dueña se esmeraba en poner a cubierto con el pañolillo anudado al cuello, avergonzada y llorosa.

Entretanto, los dos hombres habían empeñado una lucha a muerte. La primera embestida furibunda y rabiosa puso de manifiesto su vigor y destreza de combatientes. El defensor de la muchacha, también muy joven, era un palmo más alto que su antagonista. De anchas espaldas y fornido pecho era todo un buen mozo, de ojos claros, rizado cabello y rubios bigotes. Silenciosos, sin más armas que los puños, despidiendo bajo el arco de sus cejas contraídas relámpagos de odio se atacaban con extraordinario furor. El más bajo, de miembros delgados, esquivaba con pasmosa agilidad los terribles puñetazos que le asestaba su enemigo, devolviéndole golpe por golpe, firme y derecho sobre sus jarretes de acero. La respiración estertorosa silbaba al pasar por entre los dientes apretados que rechinaban de rabia cada vez que el puño del adversario alcanzaba sus rostros congestionados y sudorosos.

Rosa, mientras arrancaba con sus dedos las hojas secas adheridas a las negrísimas ondas de sus cabellos, seguía con los ojos llameantes las peripecias de la refriega, que se prolongaba sin ventajas visibles para los campeones enfurecidos, que delante de la moza redoblaban sus acometidas como fieras en celo que se disputan la posesión de la hembra que los excita y enamora.

Los cuadros de hortalizas eran pisoteados sin piedad y aquel destrozo arrancó una mirada de desolación a los airados ojos de la joven. La ira que ardía en su pecho se acrecentó, y en el instante en que su ofensor pasaba junto a ella acosado por su formidable adversario, tuvo una súbita inspiración: se agachó y cogiendo un puñado de arena se lo lanzó a la cara. El efecto fue instantáneo, el que retrocedía se detuvo vacilante y en un segundo fue derribado en tierra donde quedó sin movimiento, oprimido el pecho bajo la rodilla del vencedor.

Rosa lanzó una postrera mirada al grupo y luego sin preocuparse del cubo vacío se precipitó fuera del cercado y salvó a la carrera la distancia que la separaba de las habitaciones. Al llegar se volvió para mirar atrás y distinguió entre los matorrales la figura de su salvador que se alejaba, mientras que por la parte opuesta caminaba el vencido, apartándose apresuradamente del sitio de la batalla.

La joven se deslizó por los corredores casi desiertos y después de pasar por delante de una serie de puertas, se detuvo delante de una apenas entornada y, empujándola suavemente, traspuso el umbral. Un gran fuego ardía en la chimenea y en el centro del cuarto una mujer encuclillas delante de una artesa de madera se ocupaba en lavar algunas piezas de ropa. Las paredes blanqueadas y desnudas acusaban la miseria. En el suelo y tirados por los rincones había desperdicios que exhalaban un olor infecto. Una mesa y algunas sillas cojas componían todo el mobiliario y detrás de la puerta asomaba el pasamanos de una escalera que conducía, a una segunda habitación situada en los altos. La mujer de edad ya madura, corpulenta, de rostro cubierto de pecas y de manchas, sin interrumpir su tarea fijó en la moza una mirada escrutadora, exclamando de pronto con extrañeza:

–¿Qué tienes, qué te ha pasado?

Rosa con tono compungido y lacrimoso respondió:

–¡Ay, madre! El huerto está hecho pedazos. ¡Las coles, las lechugas, los rábanos, todo lo han arrancado y pisoteado!

El semblante de la mujer se puso rojo como la púrpura.

–¡Ah! ¡condenada, gritó, seguro que has dejado la puerta abierta y se ha entrado la chancha del otro lado!

Se puso de pie, blandiendo sus rollizos brazos arremangados por encima del codo y se desató en improperios y amenazas.

–¡Bribona! ¡si ha sido así, apronta el cuero porque te lo voy a arrancar a tiras! Y con las sayas levantadas se dirigió presurosa a comprobar el desastre.

La atmósfera estaba pesada y ardiente y el sol ascendía al cenit en un cielo plomizo ligeramente brumoso. En la arena gris y movediza se hundían los pies, dejando un surco blanquecino. Rosa que caminaba detrás de su madre, lanzando a todas partes miradas inquietas y escudriñadoras, distinguió después de un instante, por encima de un pequeño matorral la cabeza de alguien puesto en acecho.

La joven sonrió. Acababa de reconocer en el que atisbaba a su defensor, quien, viendo que la muchacha lo había descubierto, se incorporó un tanto y le envió con la diestra un beso a través de la distancia. Brillaron los ojos de la moza y sus mejillas se tiñeron de carmín, y a pesar de comprender que, dado el carácter violento de su madre, la aguardaba tal vez una paliza, penetró alegre, casi risueña en el malhadado huerto dentro del cual se alzaba un coro formidable de gemidos, maldiciones y juramentos.

✳ ✳ ✳

Rosa pertenecía a una familia de mineros. Hija única, ayudaba a su madre en los quehaceres domésticos, mientras el padre, viejo barretero, luchaba encarnizadamente debajo de la tierra para ganar el mísero salario que era el pan de cada día. La muchacha, tosca y rústica, era toda una belleza. Nada inocente, pues el medio no lo permitía, era, sin embargo, una virtud arisca inaccesible hasta entonces a las seducciones de los galanes que bebían los vientos por aquella beldad de cuerpo sano, exuberante de vida con la gracia irresistible de la mujer ya formada.

Entre los que más de cerca la asediaban distinguíanse dos mozos gallardos y apuestos que eran la flor y nata de los tenorios de la mina. Ambos habían puesto sitio en toda regla a la linda Rosa que recibía sus apasionadas declaraciones con risotadas, dengues y mohines llenos de gracia y de malicia. Amigos desde la infancia aquel amor había enfriado sus relaciones, concluyendo por separarlos completamente.

Durante algún tiempo, Remigio el carretillero, un moreno pálido, delgado y esbelto, pareció haber inclinado a su favor el poquísimo interés que prestaba a sus adoradores la desdeñosa muchacha. Pero aquello duró muy poco y el enamorado mozo vio con amarga decepción que el barretero Valentín, su rubio rival, lo desbancaba en el voluble corazón de la hermosa. Esta que en un principio oía sonriente sus apasionadas protestas, alentándolo a veces con una mirada incendiaria, empezó de pronto a huir de él, a esquivar su presencia y las pocas ocasiones que lograba hablarla apenas podía arrancarle una que otra frase evasiva, acompañada de un gesto de despego y de disgusto.

El desvío de la moza exaltó su pasión hasta el infinito. Mordido por los celos, redobló sus esfuerzos para reconquistar el terreno perdido, estrellándose contra el creciente desamor de la joven que cada día demostraba con señales visibles su simpatía, y preferencia por el otro. La rivalidad de ambos aumentó y el odio anidado en sus corazones hizo de ellos dos enemigos irreconciliables. Se vigilaban mutuamente y echaban mano de todos los medios puestos a su alcance para estorbar al contrario e impedirle que tomase alguna ventaja.

Como siempre y según la costumbre, el cerco puesto por los galanes a su hija no inquietaba en lo más mínimo a los padres. Cediese o no al amoroso reclamo era asunto que solo a ella le importaba.

Remigio, el desdeñado pretendiente, quiso un día tener con la joven una explicación decisiva y salir, de una vez por todas, de la incertidumbre que lo atormentaba, para lo cual decidió no ir una mañana a su trabajo en el fondo de la cantera. Valentín que tuvo conocimiento por un camarada de aquella novedad, recelando el motivo que la ocasionaba resolvió quedarse para espiar los pasos de su rival lo que trajo por consecuencia el encuentro del huerto y el terrible combate que se siguió.

Rosa, cuyo corazón dormía aun, había acogido con cierta coquetería las amorosas insinuaciones de Remigio que fue el primero en requebrarla. La halagaba aquella conquista que había despertado la envidia de muchas de sus compañeras; pero la vehemencia de aquel amor y la mirada de esos ojos sombríos que se fijaban en los suyos cargados de pasión y de deseos la hacían estremecer. El miedo al hombre, al macho, aplacaba, entonces, los ardores nacientes de su carne produciéndole la proximidad del mozo un instintivo sentimiento de repulsión.

Mas, cuando principió a cortejarla el otro, el rubio y apuesto Valentín, un cambio brusco se operó en ella. Se ponía encendida a la vista del joven y si le dirigía la palabra, la respuesta incisiva, vivaz y pronta con que dejaba parado al más atrevido, no acudía a sus labios y después de balbucear uno que otro monosílabo terminaba por escabullirse cortada y ruborosa.

La abierta y franca fisonomía del mozo, su carácter alegre y turbulento la atrajeron insensiblemente y el amor escondido hasta entonces en el fondo de su ser germinó vigoroso en aquella tierra virgen. Después de la refriega de ese día la actitud de los dos rivales se modificó. Mientras Valentín seguía cortejando abiertamente a la moza, Remigio se limitaba a vigilarla a la distancia. Su pasión excitada por los celos y aguijoneada por el despecho se había tornado en una hoguera voraz que lo consumía. Su exaltada imaginación fraguaba los planes más descabellados para tomar venganza, pronta y terrible, de la infiel, de la traidora.

Rosa, por su parte, entregada de lleno a su naciente amor no se cuidaba gran cosa de su antiguo pretendiente. No le guardaba rencor y solo sentía por él una desdeñosa indiferencia.

Las cosas quedaron así por algún tiempo. El huerto había sido reparado y los cuadros rehechos, pero nunca se descubrió a los autores del destrozo ni se supo lo que allí había pasado.

Un día el padre de la muchacha tuvo una idea luminosa. Como el agua para el riego había que acarrearla desde una gran distancia, resolvió abrir un pozo junto al cercado. Comunicado el proyecto a su mujer y a su hija, estas lo aplaudieron calurosamente. No había grandes dificultades que vencer, pues el terreno sobre el que se asentaba la pequeña población estaba formado por arena negra y gruesa hasta una gran profundidad. A los cuatro metros de la superficie brotaba el agua que se mantenía al mismo nivel en todas las estaciones. Quedó acordado que el domingo siguiente se pondría mano a la obra para lo cual ofrecieron su concurso los amigos, contándose, entre los más entusiastas a Remigio y Valentín.

El día designado llegó y muy de mañana se empezaron los trabajos. La excavación se hizo cerca de la puerta de entrada y al mediodía se habían profundizado dos metros. La arena era extraída por medio de un gran balde de hierro atado a un cordel que pasaba por una polea, sujeta a un travesaño de madera.

Los adversarios eran los más empeñosos en la tarea, pero evitando siempre todo contacto. Mientras el uno estaba abajo llenando el balde, el otro estaba arriba apartando la arena lejos de la abertura. En un momento en que Remigio permanecía metido en el agujero, Valentín pretextando que tenía sed, tiró la pala y se encaminó en derechura a la habitación de Rosa. La joven estaba sentada cosiendo junto a la puerta.

–Vengo a pedirte un vaso de agua. Ando muerto de sed, le dijo el obrero, con tono alegre y malicioso. Rosa se levantó en silencio, con los ojos brillantes y yendo hacia un rincón del cuarto volvió con un vaso que Valentín cogió junto con la pequeña y morena mano que lo sostenía.

La joven risueña y sonrojada profirió:

–¡Vaya, no la derrames!

Él la miraba sonriente, fascinándola con la mirada. Se bebió el agua de un sorbo y luego enjugándose los labios con la manga de la blusa agregó, festivo y zalamero:

–Rosa, si para verte fuera preciso tomarse cada minuto un vaso de agua, yo me tragaría el mar. La joven se rió mostrando su blanca dentadura.

–¡Y así tan salado!

–¡Así, y con pescado, barcos y todo!

Con una alegre carcajada saludó la moza la ocurrencia.

—¡Vaya qué tragaderas!

Una voz preguntó desde arriba:

—Rosa, ¿quién está ahí?

—Es Valentín, madre.

Un ¡ah! indiferente pasó a través del techo y todo quedó en silencio.

Valentín había cogido a la moza por la cintura y la atrajo hacia sí. Rosa con las manos puestas en el amplio pecho del mozo, se resistía y murmuraba con voz queda y suplicante:

—¡Vaya! ¡Déjame!

Su combado seno se henchía como el oleaje en día de tormenta y el corazón le golpeaba adentro con acelerado y vertiginoso martilleo.

El mozo enardecido le decía tiernamente:

—¡Rosa! ¡Vida mía! ¡Mi linda paloma!

—La joven, vencida, fijaba en él una mirada desfalleciente, llena de promesas, impregnada de pasión. La rigidez de sus brazos se aflojaba poco a poco y a medida que sentía aproximarse aquel aliento que le abrasaba el rostro, retrocedía, echando atrás la hermosa cabeza hasta que tocó la pared. Cerró entonces los ojos, y el muchacho con la suya hambrienta recogió en la fresca boca puesta a su alcance, las primicias de esos labios más encendidos que un manojo de claveles y más dulces que el panal de miel que elabora en las frondas la abeja silvestre.

Un paso pesado que hacía crujir la escalera hizo apartarse bruscamente a los amantes. El obrero abandonó el cuarto diciendo en voz alta:

—¡Gracias, Rosa, hasta luego!

La joven agitada y trémula cogió de nuevo la aguja, pero su pulso estaba tembloroso y se pinchaba a cada instante.

Valentín, mientras caminaba hacia el pozo pensaba henchido de júbilo que el triunfo final estaba próximo. Si la ocasión protectora de los amantes, se presentaba, la rústica belleza sería suya. Su experiencia de avezado galanteador le daba de ello la certeza y no pudo menos que lanzar a Remigio una mirada triunfante cuando uno de los compañeros le dijo con sorna:

–Qué tal el agua, ¿Apagaste la sed?

Retorciéndose el rubio bigote contestó sentenciosamente:

–Dios sabe más y averigua menos.

Al caer la tarde el pozo quedó terminado. Tenía cuatro metros de hondura y dos de diámetro y del fondo el agua borbotaba lentamente. Los obreros se apartaron de allí y se fueron a la sombra del corredor a preparar la armadura de madera destinada a impedir el desmoronamiento de las frágiles paredes de la excavación. Remigio se quedó un instante para arreglar un desperfecto de la polea y cuando terminada la compostura iba a seguir tras sus compañeros, la falda azul de Rosa entrevista a través del ramaje de la cerca lo hizo mudar de determinación y cogiéndose de la cuerda se deslizó dentro del agujero.

La joven, que no lo había visto, iba a coger algunas hortalizas para la merienda y pensaba echar al paso una mirada a la obra y ver si ya el agua empezaba a subir.

Remigio, de pie, arrimado a la húmeda muralla aguardaba callado e inmóvil. Rosa se acercó con precaución hasta el borde de la abertura y miró dentro. La presencia del mozo la sorprendió, pero luego una picaresca sonrisa asomó a sus labios. Alargó la mano, cogió la cuerda cuya extremidad estaba arriba atada a una estaca y de un brusco tirón hizo subir el balde hasta la polea y lo mantuvo allí enrollando el resto del cordel en uno de los soportes del travesaño.

El obrero no trató de impedir aquella maniobra. Había alcanzado a percibir el fugaz rostro de la joven cuando se inclinaba hacia abajo y aquella broma le pareció un síntoma favorable en su desairada situación. Alzó la vista y se quedó esperando con impaciencia el resultado de la jugarreta.

De pronto oyó una exclamación ahogada y algo semejante al rumor de una lucha vino a interrumpir el silencio de aquella muda escena. Se enderezó como si hubiera visto una serpiente y aguzando el oído se puso a escuchar con toda su alma. Una voz armoniosa, blanda como una queja murmuraba frases entrecortadas y suplicantes y otra más grave y varonil la respondía con un murmullo apasionado y ardiente. El ruido pareció alejarse en dirección del huerto, el postigo se cerró con estrépito, las hojas secas crujieron como el lecho blando y muelle que recibe su carga nocturna y todo rumor se apagó.

Remigio se puso pálido como un muerto, se crisparon sus músculos y sus dientes rechinaron de furor. Había reconocido la voz de Valentín y en un acceso de cólera salvaje se revolvió como un tigre dentro del pozo, golpeando con los puños las húmedas paredes y dirigiendo hacia arriba miradas enloquecidas por la rabia y la desesperación.

De improviso sintió que desgarraba sus carnes la hoja de un agudísimo puñal. Un grito ligero, rápido como el aleteo de un pájaro había cruzado encima de él. Toda la sangre se le agolpó al corazón, se empañaron sus ojos y una roja llamarada lo deslumbró...

Y mientras por la atmósfera cálida y sofocante resbalaba la acariciadora y rítmica sinfonía de los ósculos fogosos e interminables, Remigio, dentro del hoyo sufría las torturas del infierno. Sus uñas se clavaban en su pecho hasta hacer brotar la sangre y el pedazo de cielo azul que percibía desde abajo le recordaba la visión de unos ojos claros, límpidos y profundos cuyas pupilas húmedas por las divinas embriagueces reflejarían en ese instante la imagen de otros ojos que no era la sombría y tenebrosa de los suyos.

Por fin los goznes de la puertecilla rechinaron y un cuchicheo rápido al que siguió el chasquido de un beso hirió los oídos del prisionero, quien un instante después sintió los pasos de alguien que se detenía al borde de la cavidad. Una sombra se proyectó en el muro y una voz burlona profirió desde arriba una frase irónica y sangrienta que era una injuria mortal.

Un rugido se escapó del pecho de Remigio, palideció densamente y sus ojos fulgurantes midieron la distancia que lo separaba de su ofensor quien soltando una risotada desató la cuerda y la dejó deslizarse por la polea.

El primer impulso del preso fue precipitarse fuera en persecución de su enemigo, pero un súbito desfallecimiento se lo impidió. Repuesto un tanto iba a emprender el ascenso cuando una ligera trepidación del suelo producida por un caballo que, perseguido por un perro, pasaba al galope cerca de la abertura, hizo desprenderse algunos trozos de las paredes y la arena subió hasta cerca de sus rodillas, sepultando el balde de hierro. El temor de perecer enterrado vivo sin que pudiera saciar su rabiosa sed de venganza, le dio fuerza y ágil como un acróbata se remontó por la cuerda tirante y se encontró fuera de la excavación.

Una vez libre, se quedó un instante indeciso acerca del rumbo que debía seguir. En derredor de él la llanura se extendía monótona y desierta bajo el cielo de un azul pálido que el sol teñía de oro en su fuga hacia el horizonte. El ambiente era de fuego y la arena abrasaba como el rescoldo de una hornada inmensa. A un centenar de pasos se alzaban las blancas habitaciones de los obreros rodeadas de pequeños huertos protegidos por palizadas de ramas secas.

¡Qué suma de trabajo y de paciencia representaba cada uno de aquellos cercados! La tierra, acarreada desde una gran distancia, era extendida en ligeras capas sobre aquel suelo infecundo cual una materia preciosa cuya conservación ocasionaba a veces disputas y riñas sangrientas.

Remigio, preso de una tristeza infinita, paseó una mirada por el paisaje y lo encontró tétrico y sombrío. El caballo cuyo paso cerca del pozo había estado a punto de producir un hundimiento galopaba aun, allá lejos, levantando nubes de polvo bajo sus cascos. Pero el recuerdo de las ofensas se sobrepuso muy pronto, en el mozo, al abatimiento y el aguijón de la venganza despertó en su alma inculta y semibárbara las furias implacables de sus pasiones salvajes.

Ningún suplicio le parecía bastante para aquellos que se habían burlado tan cruelmente de su amoroso deseo y se juró no perdonar medio alguno para obtener la revancha. Y engolfado en esos pensamientos se encaminó con paso tardo hacia las habitaciones. A pesar de que el amor se había trocado en odio sentía un deseo punzante de encontrarse con la joven para inquirir en su rostro, antes tan amado, las huellas de las caricias del otro.

Muy luego atravesó el espacio vacío que había entre el pozo y los primeros huertos. En ese día de fiesta, en medio de las mujeres y de los niños, los hombres iban y venían por los corredores con el pantalón de paño sujeto por el cinturón de cuero y la camiseta de algodón ceñida al busto amplio y fuerte. Por todas partes se oían voces alegres gritos y carcajadas, el ladrido de un perro y el llanto, desesperado de alguna criatura.

Frente al cuarto de Rosa, el padre de esta y varios obreros trabajaban con ahínco en la armadura de madera que debía sostener los muros de la excavación. Remigio se detuvo en el ángulo de una cerca desde el cual podía ver lo que pasaba en la habitación de la joven quien delante de la puerta, con los torneados brazos desnudos hasta el codo, retorcía algunas piezas de ropa que iba extrayendo de un balde puesto en el suelo. Valentín, apoyado en el dintel en una apostura de conquistador, le dirigía frases que encontraban en la moza un eco alegre y placentero. Su fresca risa atravesaba como un dardo el corazón de Remigio, a quien la felicidad de la pareja no hacía sino aumentar la ira que hervía en su pecho. En el rostro de la joven había un resplandor de dicha y sus húmedas pupilas tenían una expresión de languidez apasionada que acrecentaba su brillo y su belleza.

Estrujada la última pieza de tela, Rosa cogió el balde y se dirigió a uno de los cercados seguida de Valentín que llevaba en la diestra un rollo de cordel. El rubio mocetón ató las extremidades de la cuerda en las puntas salientes de dos maderos ayudando en seguida a suspender de ella las prendas de vestir. Sin adivinar que eran espiados proseguían su amorosa plática al abrigo de las miradas de los que estaban en el corredor, cuando de súbito Valentín percibió a veinte pasos, pegada a la cerca, la figura amenazadora de su rival y queriendo hacerle sentir todo el peso de la derrota y la plenitud de su triunfo, rodeó con el brazo izquierdo el cuello de la joven y, echándole la cabeza atrás, la besó en la boca. Después la habló al oído misteriosamente.

Remigio que contemplaba la escena con mirada torva vio a la moza volverse hacia él con rapidez, mirarlo de alto a abajo y soltar, enseguida, una estrepitosa carcajada. Luego, desasiéndose de los brazos que la retenían echó a correr acometida por una risa loca.

El ofendido mozo se quedó como enclavado en el sitio. Una llamarada le abrasó el rostro y enrojeció hasta la raíz de los cabellos. Cegado por el coraje avanzó algunos pasos tambaleándose como un ebrio.

En dirección al pozo caminaba Valentín cantando a voz en cuello una insultante copla:

El tonto que se enamora

Es un tonto de remate

Trabaja y calienta el agua

Para que otro tome el mate.

Remigio con la mirada extraviada lo siguió. Solo un pensamiento había en su cerebro: matar y morir y en el paroxismo de su cólera se sentía con fuerza para acometer a un gigante.

Valentín se había detenido al borde de la excavación y tiraba de la cuerda para hacer subir el balde, pero viendo que la arena que lo cubría hacia inútiles sus esfuerzos se deslizó al fondo para librarlo de aquel obstáculo. Remigio al verlo desaparecer se detuvo un momento, desorientado, mas una siniestra sonrisa asomó luego a sus labios y apretando el paso se acercó a la abertura y desató la cuerda la cual se escurrió por la polea y cayó dentro del hoyo. El obrero se enderezó: su enemigo quedaba preso y no podría escapársele. ¿Mas cómo rematarlo? Sus ojos que escudriñaban el suelo buscando un arma, una piedra, se detuvieron en las huellas del caballo, despertándose en él de pronto un recuerdo, una idea lejana. ¡Ah! ¡Si pudiera lanzar diez, veinte caballos, sobre aquel terreno movedizo!, y a su espíritu sobreexcitado acudieron extrañas ideas de venganza, de torturas, de suplicios atroces. De improviso se estremeció. Un pensamiento rápido como un rayo había atravesado su cerebro. A cincuenta metros de allí, tras uno de los huertos había una pequeña plazoleta donde un centenar de obreros se entretenían en diversos juegos de azar: tirando los dados y echando las cartas. Oía distintamente sus voces, sus gritos y carcajadas. Allí tenía lo que le hacía falta y en algunos segundos ideó y maduró su plan.

El día declinaba, las sombra de los objetos se alargaba más y más hacia el oriente cuando los jugadores vieron aparecer delante de ellos a Remigio que con los brazos en alto en ademán de suprema consternación gritaba con voz estentórea:

–¡Se derrumba el pozo! ¡Se derrumba el pozo!

Los obreros se volvieron sorprendidos y los que estaban tumbados en el suelo se pusieron de pie bruscamente como un resorte. Todos clavaron en el mozo sus ojos azorados, pero ninguno se movía. Mas, cuando le oyeron repetir de nuevo:

–¡El pozo se ha derrumbado! ¡Valentín está dentro! comprendieron y aquella avalancha humana, rápida como una tromba, se precipitó hacia la excavación.

Entretanto, Valentín, ignorante del peligro que corría, había extraído el balde, el cual por no ser allí necesario le había sido reclamado por la madre de Rosa. La caída de la cuerda no le causó sorpresa y la achacó al impotente despecho de su rival cuyos pasos había sentido arriba, pero no se alarmó por ello porque de un momento a otro vendrían a colocar la armadura de madera y quedaría libre de su prisión. Mas, cuando oyó el lejano clamoreo y la frase "se derrumba el pozo" llegó distintamente hasta él, sintió el aletazo del miedo y la amenaza de un peligro desconocido hizo encogérsele el corazón. El tropel llegaba como un alud. El obrero dirigió a lo alto una mirada despavorida y vio con espanto desprenderse pedazos de la paredes. La arena se deslizaba como un líquido negro y espeso que se amontonaba en el fondo y subía a lo largo de sus piernas.

Dio un grito terrible, el suelo se conmovió súbitamente y un haz apretado de cabezas, formando un círculo estrecho en torno de la abertura, se inclinó con avidez hacia abajo.

Un alarido ronco se escapaba de la garganta de Valentín.

—¡Por Dios, hermanos, sáquenme de aquí!

La arena le llegaba al pecho y, como el agua en un recipiente, seguía subiendo con intermitencias, lenta y silenciosamente.

En derredor del pozo la muchedumbre aumentaba por instantes. Los obreros se oprimían, se estrujaban, ansiosos por ver lo que pasaba abajo. Un vocerío inmenso atronaba el aire. Oíanse las órdenes más contradictorias. Algunos pedían cuerdas y otros gritaban:

—¡No, no, traigan palas!

Habíase pasado debajo de los brazos de Valentín un cordel del cual los de arriba tiraban con furia; pero, la arena no soltaba la presa, la retenía con tentáculos invisibles que se adherían al cuerpo de la víctima y la sujetaban con su húmedo y terrible abrazo.

Algunos obreros viejos habían hecho inútiles esfuerzos para alejar a la ávida multitud cuyas pisadas removiendo el suelo no harían sino precipitar la catástrofe. El grito "el pozo se derrumba" había dejado vacías las habitaciones. Hombres, mujeres y niños, corrían desalados hacia aquel sitio coadyuvando así sin saberlo, al siniestro plan de Remigio, quien con los brazos cruzados, feroz y sombrío, contemplaba a la distancia el éxito de la estratagema.

Rosa pugnaba en vano por acercarse a la abertura. Sus penetrantes gritos de angustia resonaban por encima del clamor general, pero nadie se cuidaba de su desesperación y la barrera que le cerraba el camino se hacía a cada instante más infranqueable y tenaz.

De pronto un movimiento se produjo en la turba. Una anciana desgreñada, despavorida, hendió la masa viviente que se separaba silenciosa para darle paso. Un gemido salía de su pecho:

—¡Mi hijo, hijo de mi alma!

Llegó al borde y sin vacilar se precipitó dentro del hoyo. Valentín clamó con indecible terror:

–¡Madre sáqueme de aquí!

Aquella marea implacable que subía lenta, sin detenerse, lo cubría ya hasta el cuello y de improviso como si el peso que gravitaba encima hubiese sufrido un aumento repentino se produjo un nuevo desprendimiento y la lívida cabeza, con los cabellos erizados por el espanto desapareció, apagándose instantáneamente su ronco grito de agonía. Pero, un momento después, surgió de nuevo, los ojos fuera de las órbitas y la abierta boca llena de arena.

La madre escarbando rabiosamente aquella masa movediza había logrado otra vez poner en descubierto la amoratada faz de su hijo y una lucha terrible se trabó entonces en derredor de la rubia cabeza del agonizante. La anciana, puesta de rodillas, con el auxilio de sus manos, de sus brazos y de su cuerpo rechazaba, lanzando alaridos de pavor y de locura, las arenosas ondas que subían, cuando el último hundimiento tuvo lugar. La corteza sólida carcomida por debajo se rompió en varios sitios. Los que estaban cerca de los bordes sintieron que el piso cedía súbitamente bajo sus pies y rodaron en confuso montón dentro de la hendidura. El pozo se había cegado, la arena cubría a la mujer hasta los hombros y sobrepasaba más de un metro por encima de la cabeza de Valentín.

Cuando después de una hora de esforzada y ruda labor se extrajo el cadáver, el sol había ya terminado su carrera, la llanura se poblaba de sombras y desde el occidente un inmenso haz de rayos rojos, violetas y anaranjados, surgía debajo del horizonte y se proyectaba en abanico hacia el cenit.

Juan Fariña

(Leyenda)

Sobre el pequeño promontorio que se interna en las azules aguas del golfo se ven hoy las viejas construcciones de la mina de...

Altas chimeneas de cal y ladrillo se levantan sobre los derruidos galpones que cobijan las maquinarias, cuyas piezas roídas por el orín descansan inmóviles sobre sus basamentos de piedras. Los émbolos ya no avanzan ni retroceden dentro de los cilindros, y el enorme volante detenido en su carrera parece la rueda de un vehículo atascado en aquel hacinamiento de escombros carcomidos por el tiempo.

En lo más alto, dominando la líquida inmensidad, la cabria destaca las negras líneas de sus maderos entrecruzados en el fondo azul del cielo como una cifra siniestra y misteriosa. En las agrias laderas, las casas de los obreros muestran sus techos hundidos y por los huecos de las puertas y ventanas, arrancadas de sus goznes, se ven las blanqueadas paredes llenas de grietas de las desiertas habitaciones.

Algunos años atrás ese paraje solitario era asiento de un poderoso establecimiento carbonífero y la vida y el movimiento animaban esas ruinas donde no se escucha hoy otro rumor que el de las olas, azotando los flancos de la montaña.

Densas columnas de humo se escapaban entonces de las enormes chimeneas y el ruido acompasado de las máquinas, junto con el subir y bajar de los ascensores en el pique, no se interrumpían jamás. Mientras allá abajo en las habitaciones escalonadas en la falda de la colina las voces de las mujeres y los alegres gritos de los niños se confundían con el ruido del mar en aquel sitio siempre inquieto y turbulento.

En una mañana de enero, en tanto que la máquina lanzaba sus jadeantes estertores y las blancas volutas del vapor se desvanecían en el aire tibio convirtiéndose en lluvia finísima, un hombre subía por el camino en dirección a la mina. Era de elevada estatura y por su traje cubierto por el polvo rojo de la carretera parecía más bien un campesino que un obrero. Un saco atado con una correa pendía de sus espaldas y su mano derecha empuñaba un grueso bastón, con el que tanteaba el terreno delante de sí. Muy en breve aquel desconocido se encontró en la plataforma de la mina, donde pidió lo llevaran a presencia del capataz. Este, que en ese instante se dirigía al pozo de bajada, se detuvo sorprendido ante el inválido visitante:

–Amigo, le dijo, yo soy el que buscas, ¿quién eres y qué es lo que deseas?

–Me llamo, Juan Fariña, y quiero trabajar en la mina, fue la breve contestación del interpelado. Los presentes se miraron y sonrieron.

–¿Y de qué deseas ocuparte?, prosiguió en tono un tanto burlón el capataz.

–De barretero, respondió tranquilamente el ciego.

Un murmullo partió del grupo de obreros que rodeaban el borde del pique y algunas carcajadas comprimidas estallaron.

–Camarada, dijo el capataz, contemplando la férrea musculatura del postulante, sin duda no será fuerza lo que te haga falta, pero para ser barretero hay que tener buen ojo y un ciego como tú no servirá para el caso.

–Nada veo, repuso, pero tengo buenas manos y no me asusta ningún trabajo.

Quedas aceptado, dijo el capataz, después de un instante de vacilación: un ciego que no pide limosna y desea trabajar merece ser bien acogido; puedes empezar cuando gustes.

–Mañana a primera hora estaré aquí, respondió el original personaje y se alejó, pasando con la cabeza erguida y las blancas pupilas fijas en el vacío por entre la turba de obreros que contemplaban admirados sus anchos hombros y su musculoso cuerpo de atleta.

En la mañana del siguiente día, Juan Fariña, con la blusa y pantalón del minero, una pequeña cesta con la merienda en una mano y el bastón en la otra, penetraba en la jaula en compañía de un capataz y varios trabajadores. Todos se cubrían la cabeza con la tradicional gorra de cuero y en todas ellas, excepto en la del ciego, sujetas a la visera brillaban encendidas pequeñas lámparas de aceite.

A una señal del jefe, la jaula se hundió súbitamente en el abismo negro del que subía un vaho ligero que se condensaba en cristalinas gotas a lo largo de los flexibles cables de acero.

Terminado el descenso se internaron en la mina, siguiendo los oscuros corredores, por los que el ciego caminaba con la seguridad de un minero experimentado. Sus acompañantes admiraban aquella especie de instinto que le hacía adivinar los obstáculos y evitarlos con pasmosa sagacidad. Su bastón era un antena que se movía ágilmente en todas direcciones, tocando las paredes, el suelo y la techumbre de las galerías, que a medida que avanzaba se inclinaban más y más, obligándole a encorvar su alta estatura a rozar con sus espaldas las escabrosidades de la roca.

En breve abandonaron las galerías de arrastre y penetraron en las canteras donde se extrae el mineral. Arrastrándose en algunos sitios sobre las manos y las rodillas, se internaron en aquellos estrechos túneles, subiendo y bajando rapidísimas pendientes. Por todas partes se oía un golpear incesante: al ruido sordo del pico mordiendo el venero, se mezclaba el son más claro del martillo sobre la barrena. A veces una violenta imprecación rasgaba aquel ambiente irrespirable, impregnado de humo y de polvo de carbón; quejidos hondos y un resoplar continuo de bestias fatigadas salían de aquellos agujeros en medio de las tinieblas, en las que aparecían y desaparecían las luces fugitivas de las lámparas como fuegos fatuos en las sombras de la noche.

Después de media hora de penosa marcha se detuvieron ante una pequeña excavación abierta la vena. De forma rectangular, muy baja y angosta, medía apenas un metro de alto, y en sus negras paredes, heridas por los rayos mortecinos de las lámparas, las agudas aristas del carbón tomaban tintes azulados y brillantes.

Después de escuchar silencioso las indicaciones del capataz, el nuevo obrero penetró resueltamente en la estrecha abertura y muy luego su fatigosa respiración y el golpe seco y repetido del acero se confundieron con el sordo rumor que llenaba las galerías, los chiflones y las lóbregas revueltas.

Desde aquel día quedó Fariña incorporado al personal de la mina, conquistándose muy luego la reputación de obrero inteligente y valeroso. La deferencia con que era tratado por los jefes y su carácter huraño y retraído le enajenaron las simpatías de sus camaradas, quienes no podían comprender que aquel ciego prefiriese los trabajos y miserias del minero a la vida libre y sin afanes del mendigo. Aquello no era natural y debía encerrar algún misterio.

Intrigados, lo vigilaron estrechamente, escudriñando sus pasos y sus menores acciones. Su pasado fue objeto de una minuciosa pesquisa, que no dio resultado alguno. Nadie sabía quién era ni de dónde venía y respecto de su ceguera las opiniones estaban divididas. Había quienes aseguraban que aquellas inmóviles pupilas cubiertas de una tela blanquecina arrojaban en la oscuridad destellos fosforescentes como los del gato y que aquel ciego no lo era, sino en pleno día, a la luz del sol. Otros, y eran muy pocos, sostenían lo contrario y para aclarar el punto sometían al infeliz a las más bárbaras pruebas. Ya era una vagoneta volcada en medio de la vía, que le interceptaba el paso, o un madero atravesado a la altura de su cabeza, contra el cual chocaba violentamente; mientras alambres invisibles se enredaban entre sus piernas y lo derribaban en el lodo negro y viscoso de las galerías.

El tiempo transcurría y el desconocido obrero apasionaba cada vez más los ánimos dentro de la mina. Extraños rumores empezaron a circular acerca de su trabajo en las canteras de extracción. Todos los días a la salida del sol se hallaba junto al pique listo para bajar y era siempre de los últimos en tomar el ascensor para regresar a su solitaria habitación en la falda de la colina.

Durante aquellas quince horas de ruda faena arrancaba del filón un número de vagonetas superior al mínimo reglamentario. Aquello desconcertaba a los más esforzados barreteros, pues en aquel sitio el mineral era duro y consistente y el mejor de ellos jamás había alcanzado un éxito semejante.

Este hecho robusteció en la crédula imaginación de aquellas sencillas gentes la creencia de que Fariña era un ser extraordinario. Se contaba de él que solo iba a la mina a dormir y que un socio cuyo nombre no se atrevían a pronunciar, desprendía de la vena el carbón necesario para completar la tarea del día. Y no era un misterio para nadie que por las noches, cuando quedaba la mina desierta, se oía en la cantera maldita un redoble furioso que no cesaba hasta el alba. Aquel obrero infatigable, del que se hablaba en voz baja y temerosa, no era sino el Diablo que vagaba día y noche en las profundidades de la mina, dando golpes misteriosos en las canteras abandonadas, precipitando los desprendimientos de la roca y abriendo paso a través de grietas invisibles a las traidoras exhalaciones del grisú.

Dos viejos mineros encargados de vigilar por las noches los corredores de ventilación se habían aproximado cautelosos al sitio de donde partía el insólito rumor, deteniéndose asombrados ante la presencia de un barretero desconocido que en el fondo de la cantera del ciego atacaba briosamente el bloque negro y quebradizo. Un chorro de grisú encendido que brotaba de una grieta del techo esparcía una claridad de incendio en derredor del fantástico personaje, delante del cual la hulla lanzaba reflejos extraños y sus caprichosas facetas resplandecían como azabache pulimentado ante la llama azulada del temible gas.

Los testigos de aquella escena veían amontonarse el carbón con asombrosa rapidez delante del incógnito y nocturno obrero, cuando de pronto un pedazo arrancado con fuerza del inmoble bloque derribó dos trozos de madera de revestimiento apoyados en la pared, los que al caer el uno sobre el otro, formaron por una extraña casualidad una cruz en el húmedo suelo del corredor.

Un terrible estallido atronó la bóveda y una ráfaga de aire azotó el rostro de los dos obreros clavados en el sitio por el espanto, desapareciendo súbitamente la infernal visión.

A la mañana siguiente ambos fueron encontrados desvanecidos en el fondo de una galería mal ventilada y desde ese instante nadie dudó en la mina de que un tenebroso pacto ligaba al aborrecido ciego con el espíritu del mal. A la antipatía que le profesaban los mineros se agregó luego un supersticioso temor y a su paso se apartaban presurosos, persignándose devotamente. Sus vecinos en la cantera abandonaron sus labores trasladándose a otro sitio y el carretillero encargado del arrastre de las vagonetas se negó a efectuar ese trabajo, viéndose obligado Fariña para no abandonar la faena a ser barretero y carretillero a la vez.

Sea por aquel exceso de trabajo cuya abrumadora fatiga hubiera quebrantado la más robusta constitución, o por otra causa desconocida, su taciturnidad aumentó de día en día y su musculoso cuerpo fue perdiendo poco a poco aquel aspecto de fuerza y de vigor que contrastaba tan notablemente con la débil contextura de los mineros, esos proscritos del aire y de la luz que llevaban impresa en sus rostros de cera la nostalgia de los campos alumbrados por el sol.

Un decaimiento visible operaba en él y los obreros que lo observaban lo atribuían a que el término del nefando pacto debía de estar próximo y era una verdad no discutida que un suceso extraordinario de que tal vez iban a ser en breve testigos, se preparaba dentro de la mina, dando más fuerza a aquellas suposiciones la conducta cada vez más extraña del ciego. Se le veía frecuentemente abandonar la cantera y penetrar en las galerías poco frecuentadas, dejando por las noches su vivienda solitaria para vagar como un fantasma por la orilla del mar, y, sentándose a veces en las piedras de la ribera pasaba horas tras horas, oyendo el murmullo eterno del oleaje como un viejo lobo que descansara de sus correrías por el océano.

¿Qué pensaba en esos instantes y qué dolor oculto guardaba su alma cerrada a toda afección? Como el origen de su ceguera, nadie lo supo jamás.

Pronto iba a cumplir un año en la mina, y el misterio de su vida permanecía impenetrable. Entre los varios rumores que circularon acerca de él había uno del que nadie se acordaba ya. Los mineros más antiguos recordaban vagamente que muchos años atrás, víctima de una de las frecuentes explosiones de grisú, pereció en la mina un obrero quedando moribundo un hijo de dieciséis años que lo acompañaba.

A consecuencia de aquella desgracia la mujer del infeliz y madre del niño perdió la razón, ignorándose en absoluto el destino del muchacho. Los que recordaban esos hechos creían ver en el rostro de Fariña, vestigios de antiguas quemaduras; pero las cosas no pasaron de allí y el misterio subsistió siempre.

Los mineros veían en aquel ciego un enemigo de su tranquilidad y de la existencia de la mina misma. De un hombre que tenía pacto con el Diablo no podía esperarse nada bueno y los alarmistas anunciaban toda clase de males para lo futuro, citándose de él para apoyar aquellos siniestros presagios de algunas enigmáticas palabras pronunciadas después de un derrumbe que había quitado la vida a varios trabajadores:

–Cuando yo muera la mina morirá conmigo había dicho el misterioso ciego.

Para muchos aquella frase encerraba una amenaza y para otros un vaticinio que no tardaría en cumplirse.

En la semana que precedió a la gran catástrofe, Fariña obtuvo la plaza de vigilante nocturno de aquella sección de la mina donde trabajaba, empleo cuyo desempeño le era relativamente fácil, pues la principal tarea consistía en recorrer las compuertas de ventilación.

En la noche del extraordinario suceso se presentó como de costumbre en el pique a la hora reglamentaria: las nueve en punto marcaba el reloj de la máquina cuando penetraba en la jaula y desaparecía en el pozo de bajada.

Era aquel un día festivo y la mina estaba desierta. El tiempo se mostraba tempestuoso, espesas nubes entoldaban el cielo y el viento norte, soplando con violencia en lo alto de la cabria, hacía gemir el maderamen sacudiendo los cables a lo largo de los niveles. El mar estaba agitado y tumultuoso y la resaca elevaba su ronca voz entre los arrecifes de la costa.

El maquinista, con una mano en el regulador y la otra en el freno, seguía con atención la manecilla del indicador. La máquina trabajaba a gran velocidad, pues la tarea estaba reducida a extraer el agua del pozo por medio de grandes cubos suspendidos debajo de las jaulas ascensoras. Y junto al borde del pique un obrero armado de un largo gancho de hierro abría las compuertas colocadas en el fondo de aquellos, las que daban paso al agua que se escurría por el canal de desagüe. Esos dos hombres y el fogonero, que se tostaba en el departamento de las calderas, eran los únicos que a esa hora velaban en la mina.

Fariña, entretanto, había dejado el ascensor y caminaba por la galería central, esquivando los obstáculos con la soltura peculiar en él.

Frente a la puerta del departamento de los capataces se detuvo y haciendo saltar la cerradura penetró al interior; cogió de un armario arrimado a la pared cierto número de paquetes pequeños y cilíndricos que sepultó en los bolsillos de su blusa y, apoderándose en seguida de un saquete de pólvora y de algunos rollos de guías, abandonó la estancia internándose en las profundidades de la mina.

Marchaba presuroso, deslizándose sin ruido por entre las hileras de vagonetas vacías y pronto dejó a un lado las arterias principales para penetrar en una galería abandonada, que solo servía de corredor de ventilación.

Ese paraje había sido siempre objeto de una vigilancia especial de parte de los ingenieros. Situada debajo del mar, las filtraciones eran abundantísimas en aquella galería y la amenaza de un hundimiento era una idea que preocupaba a los jefes y operarios desde muchos años atrás. A través de la delgada capa de terreno llegaban hasta aquel sitio los rumores misteriosos del océano, percibiéndose distintamente el ruido de las palas de las hélices que azotaban las olas, pues la galería cortaba oblicuamente la ruta de los vapores que tocaban en el puerto. Considerables trabajos de revestimiento se habían llevado a cabo para evitar que el fondo del mar cediese bajo la presión de las aguas. En el sitio donde las filtraciones eran más copiosas, gruesas vigas que descansaban sobre sólidas pilastras, sostenían la techumbre. Junto a uno de estos soportes se detuvo Fariña, extrayendo detrás de él una enmohecida barrena de carpintero.

Seis de aquellos pilares estaban perforados a la altura de un metro. Con ayuda de la barrena quitó el ciego la arcilla que disimulaba los agujeros y con la calma y seguridad del que ejecuta una operación largo tiempo meditada, introdujo en cada uno de ellos un cartucho de dinamita con su correspondiente guía, formando con aquellas largas mechas, todas de una misma dimensión, un solo haz, cuyas extremidades igualó cuidadosamente; y atándolas en seguida con un bramante, vertió encima del grueso nudo una parte del saquete de pólvora, trazando con el resto un reguero en el piso, de algunos metros de longitud. El principal trabajo estaba terminado y el autor de aquella obra ignorada y terrible se irguió y alargando el brazo, dio en el húmedo techo algunos golpes con la ferrada punta de su bastón como si quisiese calcular el espesor de la roca sobre la que gravitaba la masa movible del océano. Después de un instante se inclinó de nuevo: en su mano derecha brillaba un fósforo encendido y un reguero de chispas recorrió velozmente el suelo, convirtiéndose de pronto en una intensa llamarada que iluminó los sitios más recónditos de la galería. El siniestro personaje retrocedió entonces una veintena de metros por el camino que había traído, quedándose inmóvil con los brazos cruzados en medio del corredor. Delante de él un leve chisporroteo interrumpía apenas aquel silencio de muerte, cuando súbitamente un estampido seco retumbó como un trueno y uno de los pilares cortado en dos voló en astillas bajo la negra bóveda. Segundos después una terrible explosión empujaba violentamente el aire y un enorme montón de maderos destrozados interceptó la galería. Por unos instantes se oyeron los chasquidos de la roca, seguidos de bruscos desprendimientos: primero trozos pequeños que rebotaban sordamente en la derribada mampostería, y luego después, como el tapón de una botella vacía, sumergida en aguas profundas, cedió de un solo golpe la techumbre del túnel: lívidos relámpagos serpentearon un momento en la oscuridad y algo semejante al galope de pesados escuadrones resonó con pavoroso estruendo en los ámbitos de la mina.

Afuera la tempestad desencadenada bramaba con furia y el viento y el mar confundían sus voces irritadas en un solo sostenido y fragoroso. El maquinista, de pie en la plataforma de la máquina, fijaba una mirada soñolienta en el indicador y en el brocal del pozo, junto al cual el obrero del gancho de hierro ejecutaba su tarea temblando de frío bajo sus húmedas ropas. Ambos habían creído sentir entre el ruido de la borrasca rumores extraños que parecían venir de abajo, del fondo del pique, creyendo ver a veces que los cables perdían su tensión como si el peso que soportaban disminuyese por alguna causa desconocida.

Durante aquellas largas horas los dos hombres fijaban en el cubo que subía una mirada ansiosa con la vana esperanza de ver que el chorro líquido disminuyese o cesase por completo. ¡Cuán ajenos estaban de que el agua que se escurría por la ladera del monte y se mezclaba con la del mar no hacía sino volver a su depósito de origen!

Hacia el amanecer disminuyó la fuerza de la tempestad y el obrero que se hallaba junto al pozo sintió de pronto en el canal de desagüe fuertes golpes, como si algo viviente se agitase en él. Se acercó al sitio de donde partía aquel ruido extraordinario y se quedó perplejo, mudo de estupor, a la vista de un objeto que parecía lanzar relámpagos y que se azotaba violentamente junto a la rejilla del canal. Tomó con presteza un candil colgado en una de las vigas de la cabria y su sorpresa se convirtió en espanto: lo que saltaba allí dentro era un pez vivo, una corvina de plateado vientre.

Entretanto, el maquinista se impacientaba esperando las señales reglamentarias y sus voces imperiosas dominaban el ruido del viento cada vez más flojo a medida que avanzaba el día.

Por fin el remiso obrero, reapareció en la plataforma, llevando suspendido por la cola el pez que contraía violentamente su viscoso cuerpo. El de la máquina, viendo aquel objeto que se movía en la mano de su compañero, gritó desde lo alto.

—¿Qué pasa, Juan, qué es lo que hay?

—Nada, que estamos achicando el mar, fue la breve respuesta que hirió sus oídos.

Pasados algunos minutos, el pito de alarma sonaba en la mina por última vez, poniendo en conmoción a sus dormidos moradores y el vapor, el aliento vital de aquel organismo de hierro, abandonaba para siempre los cilindros y calderas, escapándose por las válvulas abiertas en medio de silbidos ensordecedores.

Los trabajadores acudían y se agrupaban consternados en torno del pique, contemplando silenciosos a los ingenieros que por medio de sondajes comprobaban el desastre. De vez en cuando resonaban sordos chasquidos subterráneos producidos por los derrumbes de las obras interiores. El agua del mar llenaba toda la mina y subía por el pozo hasta quedar a cincuenta metros de los bordes de la excavación.

El nombre de Fariña estaba en todos los labios y nadie dudó un instante de que fuera el autor de la catástrofe que los libertaba para siempre de aquel presidio donde tantas generaciones habían languidecido en medio de torturas y miserias ignoradas.

* * *

Todos los años en la noche del aniversario del terrible accidente que destruyó uno de los más poderosos establecimientos carboníferos de la comarca, los pescadores de esas riberas refieren que cerca del escarpado promontorio, en la ruta de las naves que tocan en el puerto, cuando suena la primera campanada de las doce de la noche en la torre de la lejana iglesia, se forma en las salobres ondas un pequeño remolino hirviente y espumoso, surgiendo de aquel embudo la formidable figura del ciego con las pupilas fijas en la mina desolada y muerta.

Junto con la última vibración de la campana se desvanece la temerosa aparición y una mancha de espuma marca el peligroso sitio, del que huyen velozmente las barcas pescadoras impulsadas por sus ágiles remeros y ¡ay! de la que se aventure demasiado cerca de aquel Maelstron en miniatura, pues atraída por una fuerza misteriosa y zarandeada rudamente por las olas, se verá en riesgo inminente de zozobrar.

Caza Mayor

En el llano dilatado y árido los rayos del sol tuestan la yerba que crece entre los matorrales, cuyos arbustos raquíticos entrelazan sus ramas débiles y rastreras con las retorcidas espirales de las parásitas de hojas secas y polvorosas.

En las sendas desnudas abrasa la arena negra y gruesa, y entre los matojos se oye el ruido que producen las culebras y lagartijas que hartas de luz y de calor se deslizan buscando un poco de sombra entre el escueto ramaje de las murtillas y los tallos de los cardos erguidos y resecos.

Con el cuerpo inclinado y el fusil entre las manos temblorosas el Palomo, un viejecillo pequeño y seco como una avellana, a pasos cortos sobre sus piernas vacilantes, sigue los rastros que las pisadas de las perdices dejan en la arena calcinada de los senderos.

Nadie como él para distinguir entre mil la huella fresca y reciente y conocer si la pieza es un macho o una hembra, un pollo o un adulto. Solo, sin deudos que amparen su desvalida ancianidad, con el producto de la caza satisface apenas sus más premiosas necesidades.

Los rayos del sol, cayendo a plomo sobre sus espaldas encorvadas, hacían más penosa su marcha sobre aquel suelo blando y movedizo. Su fatiga era grande y aun no había disparado un tiro cuando de pronto se irguió, deteniéndose ante un grupo de espinos y de litres achaparrados: el rastro tan pacientemente seguido terminaba allí. Rodeó el matorral, observando el suelo con atención para cerciorarse de que el ave no se había escurrido por otro lado y levantando el gatillo, atisbó por entre las ramas, estirando el cuello y empinándose en la punta de los pies.

Los tres dedos marcados en la arena y proyectados hacia adelante como abanico indicaban un soberbio macho.

Sus ojos inquietos y vivaces que registraban cada hoja, cada tallo de yerba, descubrieron muy pronto el pico amarillo y la oscura cabeza asomando por la bifurcación de una rama. El cuerpo, del color de la hoja seca, se adivinaba más bien que se veía oculto entre la hojarasca. Apuntó con detención y tiró el gatillo: una magnífica perdiz con las plumas medio chamuscadas por el fogonazo ocupó su sitio en el morral vacío.

Alegre y satisfecho se dispuso enseguida a cargar el fusil cuyo mohoso cañón de una longitud y calibre desmesurados estaba unido a la caja por ligaduras de cordel y de bejuco. Un trozo de madera fijado en un agujero a la extremidad del vetusto instrumento hacía las veces de mira, trozo que había que renovar después de cada disparo, pues este se llevaba por delante el pedazo del interior que le servía de base y muy a menudo la eficacia del tiro se debió a este improvisado proyectil más mortífero que un simple perdigón. Con el uso, el agujero se había agrandado y el grosor de la mira crecido en proporción. Al apuntar la vista se encontraba con un monolito tras el cual no se vería un elefante.

La gravedad solemne con que cargaba el arma demostraba la importancia que daba a esta operación. Destapado el frasco de pólvora vertía en la palma de la mano el polvo negro y lustroso y aproximando la boca del cañón lo vaciaba despacio, soplando cuidadosamente los granos adheridos a la piel seca y rugosa. Atacaba con calma el manojo de yerba que servía de taco y luego en el hueco de la mano contaba meticulosamente los Doce Pares, doce perdigones redondos y relucientes a fuerza de restregarlos entre sus dedos como objetos preciosos, y dos a dos para establecer bien la cuenta los precipitaba dentro del tubo descomunal. Por último, tomando un perdigón más grueso que los demás, antes de soltarlo trazaba con él la señal de la cruz en la boca del cañón: era Carlo Magno que iba a hacer compañía a sus caballeros.

Terminada la tarea y cegado por la deslumbradora claridad que irradiaba de lo alto, con una mano delante de los ojos a guisa de pantalla, exploraba el horizonte indeciso acerca de la dirección que debía seguir, cuando el silbido de la perdiz que levanta el vuelo y que crispa los nervios del más flemático lo hizo volverse con presteza. A su derecha, en una ligera depresión del terreno, percibió distintamente el ave abatiéndose con rápido aleteo. En algunos minutos salvó la distancia y aproximándose cauteloso, con infinitas precauciones, siguiendo la pista grabada en la arena descubrió la pieza agazapada entre los cardos. Apoyó la culata en el hombro y soltó el tiro. Aun no se disipaba el humo del disparo en la atmósfera abrasada cuando un bulto rojizo pasó a su lado como una tromba y rozó sus piernas que vacilaron, dando un traspiés.

Lanzó un grito de sorpresa y de cólera:

–¡Quita allá Napoleón! Pero, ya era tarde: la perdiz a la cual la mira había atravesado el cuello, acababa de desaparecer en las fauces de un enorme perro de presa de color leonado.

Pasado el primer momento de estupor, con el fusil en alto se abalanza sobre el intruso y lleno de coraje menudea los golpes que el ladrón esquiva con gran facilidad, dando bruscos saltos entre las matas sin soltar la presa. Fatigado y jadeante se detuvo, apoyándose en el cañón de su vieja carabina. A la cólera había sucedido la angustia dolorosa que se experimenta ante una pérdida irreparable. ¡Una pieza tan hermosa, manjar de príncipe, engullida por aquel soez animalucho! Sus ojos se humedecieron y cambiando de táctica con temblona voz que se esforzaba en hacer cariñosa repetía:

–Napoleón, buen perro, venga acá hijito.

Entretanto el buen perro husmeaba el suelo, recogiendo las migajas del festín y terminado el banquete asomó por entre la hojarasca el hocico erizado de plumas, relamiéndose golosamente y fijando en el cazador atontado sus ojos relucientes como brasas pareció muy dispuesto a corresponder sus demostraciones de afecto. De un salto salió de la espesura y con aire regocijado, meneando con vivacidad el rabo diminuto, fue a restregar el hocico para desprender las plumas en las piernas poco sólidas del vejete.

Ante el cinismo y la desvergüenza de que hacía gala aquel mal bicho sintió que le volvía el coraje y por un instante solo ideas de sangre y de exterminio brotaron de su cerebro enardecido. Le daban ímpetus de vaciar en el arma el frasco de pólvora y la bolsa entera de perdigones y en seguida descerrajar aquel tiro atroz sobre el infame bandido, aventándolo en el aire.

Pronto se aplacó, el amo del perrazo era el mayordomo de la hacienda, hombre autoritario y brutal que hubiera vengado cruelmente cualquiera ofensa hecha a su favorito.

La afición del dogo por las perdices era de época reciente y databa del día en que una de estas aves herida al vuelo por certero disparo fue a caer entre sus patas. El bocado debió de saberle a gloria porque a partir de allí, oír un escopetazo y salir disparado, era todo uno.

Ese día atraído por el primer tiro había llegado a tiempo para aprovecharse del segundo.

El viejo descorazonado y triste, sin pensar en el desquite se alejaba con tardo paso de aquel infausto sitio cuando de pronto se detuvo sorprendido. El morral había triplicado su peso. Echó una rápida ojeada por encima del hombro y sus grises ojillos relampaguearon. El dogo, cogiendo delicadamente con los dientes el saco trataba de desprenderlo del cordón que lo sujetaba. ¡Dios santo! que ira le acometió: irguió su pequeña talla y tomando el fusil por el cañón tiró con brío de través un culatazo a la maldita bestia, pero solo hirió el aire, sus débiles piernas incapaces de resistir el impulso del pesado armatoste se doblaron y cayó cuan largo era entre la maleza, arañándose cruelmente manos y rostro.

Por largo tiempo permaneció acurrucado en el suelo con el arma entre las piernas, mientras discurría en el medio de librarse del intruso que, sentado en sus cuartos traseros, a dos pasos de distancia, lo miraba con descaro, con aire entre sorprendido y contrariado por la tardanza en proseguir la caza interrumpida. Abriendo la ancha boca bostezaba con gruñidos sordos de impaciencia y creyendo que la actitud del cazador era debida a un olvido momentáneo, quiso recordarle sus deberes con el ejemplo.

Como el perdiguero de raza, meneando con rapidez el rabo corto y grueso, el hocico pegado al suelo, resoplando ruidosamente se metió por entre la maleza, levantando nubes de diucas y chincoles y poniendo en fuga a los lagartos que dormitaban entre las hojas. De vez en cuando se detenía; alzaba la cabeza, dirigiendo una mirada al viejo inmóvil y emprendía de nuevo la tarea con mayores bríos.

Por fin este se levantó y, como dando por terminada la cacería, se puso el fusil al hombro y, echó a andar con actitud indiferente por los sitios más áridos y descubiertos. Mas la estratagema no surtía efecto. El dogo lo seguía con la cabeza baja, de mala gana, pero sin apartarse de sus talones. Exasperado por aquella obstinada persecución tentó un último recurso: dejó caer con disimulo el arma a un lado de la senda y con las manos en los bolsillos, como un desocupado que se pasea para estirar las piernas, siguió andando sin volver la cabeza. El ardid tuvo un éxito decisivo: después de un corto trecho Napoleón, lanzándole al pasar una mirada de reojo tomó la delantera; se alejaba al trote con el rabo caído y las orejas gañas, sin mirar atrás.

Por fin estaba libre y restregándose los ojos, como quien despierta de una pesadilla, vio desaparecer jubiloso al maldito animal. Aun era tiempo de recuperarlo perdido y esforzándose en vencer el cansancio y la fatiga, recobró el fusil y se internó en un bosquecillo de boldos y de arrayanes.

Las perdices acosadas en el llano por el calor debían haber buscado un refugio en la espesura. No se engañaba; por todas partes se veían numerosos rastros. Se puso a la obra con afán, escudriñando los troncos carcomidos y registrando los rincones sombríos bajo las hojas verde esmeralda de los bóquil sin que lo distrajese el ruido de ramas rotas que creía oír a cada instante entre la maleza. Sin duda sería alguna raposa interrumpida en su siesta que abandonaba la guarida con su paso inquieto y cauteloso.

Su constancia se vio en breve recompensada: una perdiz avanzando imprudentemente la cabeza, lo espiaba detrás de un tronco. Alargó el brazo y oprimió el disparador. Tras el estampido, se apartaron violentamente las ramas y apareció la cabeza del dogo con las orejas tiesas y rectas. De un salto cayó sobre la perdiz y empezó a triturarla entre sus poderosas mandíbulas. El arma se escapó de las manos del vejete. El asombro, la cólera, el dolor y el desaliento más profundo se pintaron en su rostro. Se sintió vencido, sin fuerzas para la lucha y una honda congoja sobrecogió su ánimo atribulado. ¡Qué podía él, viejo decrépito, arrojado de todas partes como fardo inútil, contra aquel fiero y formidable enemigo capaz de estrangularlo de una sola dentellada!

Resignado recogió el fusil y, mientras vaciaba su última carga de pólvora, dos gruesas lágrimas se deslizaron por sus enjutas mejillas y pasando a través del cano bigote humedecieron sus labios: eran amargas como la hiel.

Todo a su alrededor era salvaje y agreste. Caliginosos vapores se elevaban por el lado del mar sobre las dunas en reposo. Ni un grano de arena resbalaba por sus pardas laderas que la inmovilidad del aire detenía en su avance interminable por la llanura sin límites. El espacio inundado de luz contrastaba con el suelo apizarrado de vegetación lánguida y escasa del que se exhalaba un hálito de fuego. Agobiado por el calor ascendía penosamente la rápida escarpa para alcanzar la carretera, cuando un súbito tirón lo hizo girar sobre sí mismo y perdiendo el equilibrio vino a tierra con estrépito. Se incorporó a medias: por el talud descendía gallardamente Napoleón, llevando el morral pendiente de la boca. Una llamarada brotó de los ojos apagados del viejo y la sangre en oleadas hirvientes se agolpó a su corazón y a su cerebro, devolviéndole por un instante el vigor de la juventud. ¡Jamás su pulso había sido tan firmen ni su ojo tan certero... Un estrepitoso aullido contestó a la detonación: el dogo soltó el morral y con los pelos del lomo erizados como púas desapareció entre los matorrales.

Pasado el primer estallido de la cólera, sintió el anciano que la sangre se helaba en sus venas y un enervamiento profundo embargó todo su ser. Su alma de siervo experimentó un desfallecimiento supremo. Creyó haber cometido un enorme crimen y la figura del amo enfurecido se presentó a su imaginación produciéndole un escalofrío de terror. Dirigió una mirada al llano, y allá lejos percibió al dogo atravesando los arenales: iba con una prisa endemoniada: incrustado en el nacimiento del rabo llevaba a Carlo Magno y diseminados en el lomo bajo la hirsuta piel, los Doce Pares. Como el corzo que presiente la jauría, se levantó con vigoroso impulso y encorvado como nunca, arrastrando sus pesados pies, desapareció tras un recodo en el camino polvoriento.

FIN

Colofón

Equipo editorial: Rodrigo Fuentes Díaz, Paula Díaz Rodríguez, Fernando Salinas Rebolledo, Gabriela Corral Dueñas, Carolina Triviño Morales.
Este texto fue compuesto con tipografía Garamond diseñada por Claude Garamond en el siglo XVI en Francia. Cuerpo de texto tamaño 11 / interlineado 13 / justificado a la izquierda. Títulos **Trajan Pro** tamaño 16 / interlineado 16. Libro impreso a 1/1 colores, negro / papel bond 80 con un pliego impreso a 4/4 / hotmel. Equipo de imprenta Taller: Roberto Cornejo, Luis Quinteros, Gonzalo Guerra, Iván Marey, Luis Marchant, Moisés Martínez, Nelson Martínez, Jilberto Medina, Jeffrey Medina, Yanet Osorio, Juan Pavez, Antonio Valenzuela, Manuel Solorza, Elizabeth Reyes, Jorge Gallardo, Mario Santander, Stanley Hilaire, Junior Limage, Esteban Antil, Anelson Renonce, Emmanuel Jean, Luis Flores, Marcelo Carreño, Camila Fernández, Thais Toro, Sergio González, Walter Vásquez y Nitza Magaña. Producción Preprensa y Diseño Angelo Escobar, Jonathan López, Carlos Moreno, Raúl Orozco y Jaime Armijo. Administración Joselin Cuitiño, Omar Rodríguez, Soledad Gorostiaga, Rodrigo Fuentes, Pedro Reyes y Claudio Sapag. Ejecutivos de Venta Gonzalo Gabarró, Alex Alarcón y Andrés Díaz.

Este libro se terminó de imprimir
en los talleres de Copygraph
en enero de 2018.